TURMA DA Mônica JOVEM

Dados Internacionais de Catalogação na Publicação (CIP)
Jéssica de Oliveira Molinari CRB-8/9852

Sousa, Mauricio de
  Turma da Mônica Jovem: Mudando o jogo/ Mauricio de Sousa ; ilustrado por Mauricio de Sousa. – São Paulo : Faro Editorial, 2022.
  96 p. : il., color.

ISBN 978-65-5957-110-9

1. Literatura infantojuvenil I. Título II. Sousa, Maurício de

21-5506   CDD 028.5

Índices para catálogo sistemático:

1. Literatura infantojuvenil

Copyright © Faro Editorial 2022
Milkshakespeare é um selo da Faro Editorial

Diretor editorial
Pedro Almeida

Coordenação editorial
Carla Sacrato

1ª edição brasileira: 2022

Direitos de publicação desta edição em língua portuguesa, para o Brasil, pertencem a Faro Editorial

Avenida Andrômeda, 885 – Sala 310
Alphaville – Barueri – SP – Brasil
CEP: 06473-000
www.faroeditorial.com.br

Estúdios Mauricio de Sousa apresentam

Presidente: Mauricio de Sousa

Diretoria: Alice Keico Takeda, Mauro Takeda e Sousa, Mônica S. e Sousa

Mauricio de Sousa é membro da Academia Paulista de Letras (APL)

Diretora Executiva
Alice Keico Takeda

Direção de Arte
Wagner Bonilla

Diretor de Licenciamento
Rodrigo Paiva

Coordenadora Comercial
Tatiane Comlosi

Analista Comercial
Alexandra Paulista

Editor
Sidney Gusman

Adaptação de Textos
Raphani Margiotta Viana Costa

Revisão
Daniela Gomes Furlan, Ivana Mello

Editor de Arte
Mauro Souza

Coordenação Administrativa do Estúdio
Irene Dellega, Maria A. Rabello

Produtora Editorial Jr.
Regiane Moreira

Capa
Fábio Valle

Designer Gráfico e Diagramação
Mariangela Saraiva Ferradás

Supervisão de Conteúdo
Marina T. e Sousa Cameron

Supervisão Geral
Mauricio de Sousa

EDITORA

Condomínio E-Business Park - Rua Werner Von Siemens, 111 - Prédio 19 - Espaço 01
Lapa de Baixo – São Paulo/SP
CEP: 05069-010 - TEL.: +55 11 3613-5000

© 2021 Mauricio de Sousa e
Mauricio de Sousa Editora Ltda.
Todos os direitos reservados.
www.turmadamonica.com.br

TURMA DA Mônica JOVEM

Mudando o Jogo

Das telas para o Papel

Sejam bem-vindos à nova série da Turma da Mônica Jovem.

Nela, vocês conhecerão as histórias da Mônica, Cebolinha, Magali, Cascão e seus amigos que viraram premiada série de TV.

Aqui, a nossa Turma vive histórias e aventuras em que as amizades são postas à prova e cada um descobre como lidar com os sentimentos comuns nessa fase da vida.

Os personagens vão para a escola, se encontram pelas ruas do bairro do Limoeiro, frequentam as casas uns dos outros e estão sempre se deparando com desafios.

E como se já não bastassem todos os problemas da adolescência, a turma também se depara com mistérios, aventuras, suspense e romances.

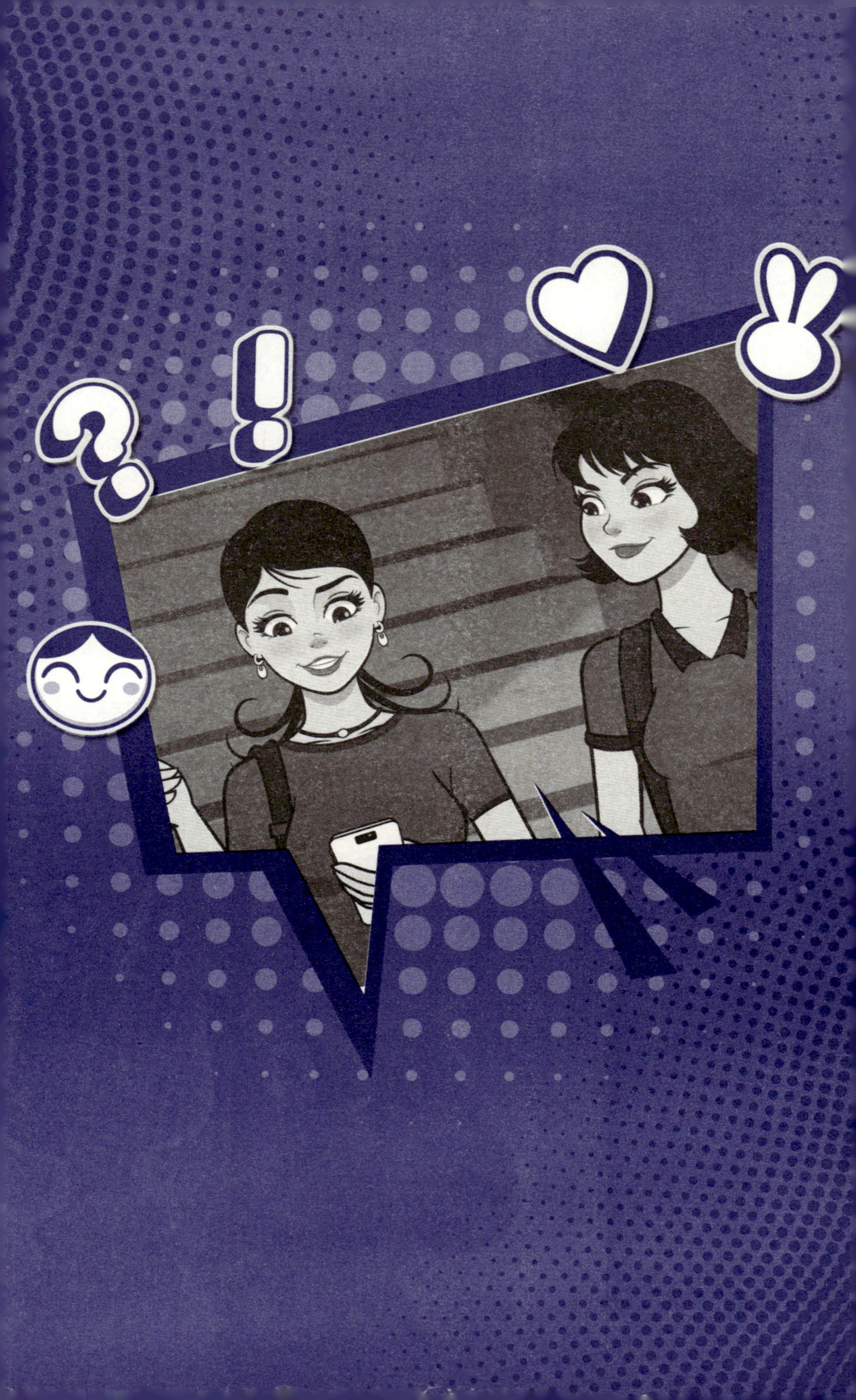

Torneio de *games*

Mal toca o sinal na sexta-feira e os alunos da Escola Limoeiro saem apressados pelos corredores da escola. Hora de ir para casa. Afinal, o fim de semana promete: no sábado, é a final do Supertreta Fighters, o maior torneio de *games* do momento. Por isso, desde cedo, não se fala em outra coisa, estão todos querendo saber quem vai ser o vencedor... com exceção da Mônica e da Magali, que descem as escadas da escola conversando, enquanto Magali mexe no celular para ver que filme está passando no cinema.

— Olha, Mônica! *Capitão Pitoco: A Penúltima Batalha...* Estou doida pra ver este filme. Vamos? Tem sessão às sete e às nove. Qual você prefere?

— Tanto faz, só vai a gente mesmo! O Cebola e o Cascão não querem saber de cinema. Eles só pensam numa coisa – responde Mônica, um tanto resignada.

Magali arregala os olhos, aflita só de imaginar o que poderia ser.

— O quê? – resolve perguntar.

— *Videogame*, ué – diz ela, de braços cruzados e com ar de aborrecida.

Enquanto isso, do lado de fora do portão, Cebola e Cascão conversam ao verem o cartaz da propaganda do torneio colado no muro da escola. Desde que se entende por gente, Cebola é alucinado por *games* e aquela era uma oportunidade imperdível de vencer um torneio que teria a participação da escola inteira.

— Pô, Cascão! Você não vai me deixar na mão nessa, né? A gente sempre foi parceiro em tudo...

— Parceiro, sei... — comenta Cascão lembrando-se das furadas em que já havia entrado por causa do amigo, sobretudo quando era criança.

— Olha a data do cartaz! As inscrições para o torneio terminam hoje! *Bora* se inscrever, a gente sempre jogou em dupla, vai!

— Em dupla? Ahã — ironiza Cascão. — Você esqueceu como foi a última vez em que a gente jogou juntos? Eu estava de boa, tranquilo, quando você ficou transtornado do nada e partiu pra cima de mim, arrancou o controle da minha mão e disse que eu não sabia jogar. — Cebola faz cara de desentendido. — Portanto, nem pensar! Não vou cair no seu papinho outra vez.

— Ah, Cascão, fala sério! Que exagero! Não foi isso tudo. Você só está pensando em você, imagina como vai ser irado se a gente ganhar! A escola toda vai saber que somos os melhores jogadores de Supertreta Fighters do bairro, já pensou nisso?

Enquanto Cebola fica viajando, Cascão revira os olhos, sem vontade alguma de ceder ao pedido do amigo. Antes que os dois continuem a conversa, Cebola ouve a voz doce da Mônica se aproximando.

— E aí, Cebola? Rola um cinema hoje?

Cebola se vira, mas fica sem reação. Por que isso sempre acontece quando ela fala com ele? Ele não sabe dizer. Só sabe que, de uns tempos para cá, toda vez que Mônica chega, surge um frio na barriga, suas mãos começam a suar, ele se sente um pouco perdido. Mil pensamentos passam pela sua cabeça numa fração de segundo e ele se perde no olhar da menina. É a voz impaciente de Magali que o desperta do transe.

– Cebola? Tá tudo bem?

Cebola chacoalha a cabeça, um pouco sem graça.

– Hããã... Cinema? Hoje não vai rolar. Eu preciso achar alguém para formar uma dupla para o torneio de Supertreta Fighters.

– Taí, Cebolones! Joga com a Mônica – sugere Cascão, só para provocar o amigo.

– De jeito nenhum! A Mônica, não! – recusa ele, desesperado. Só de pensar, Cebola começa a suar frio.

– Ué! Por que comigo não? – questiona ela, em tom desconfiado e franzindo o cenho.

– Ah... Veja bem... É... É complicado... – tenta explicar ele, sem encontrar as palavras. Nem mesmo Cebola sabia dizer ao certo, mas com certeza essa história dos dois jogarem juntos não funcionaria.

– Aaaahhh... Deixa eu ver se entendi: você está me dizendo que seu joguinho é complicado demais pra mim, é isso?! – pergunta ela perdendo a paciência, com as mãos na cintura.

– Nãooo! Não é isso... – responde ele, enrolando. *Como eu vou sair dessa agora?*, pensa. *Não rola jogar com a Mônica. Primeiro, porque ela é inexperiente; segundo, porque vou ficar mais nervoso do que já fico se tiver que jogar do lado dela; terceiro, que...*

O fato é que ele não sabia como dizer tudo isso para ela. Toda vez que Cebola se via perto da Mônica, ficava extremamente nervoso. Agora, então...

– Eu quis dizer que... que... o Cascão já topou! É isso! Ele pediu pri-primeiro – gagueja ele, encontrando uma saída para encerrar logo a conversa e sair de perto da Mônica.

– Oi?! Eu pedi? Eita! Calma *aê*, Cebola! – exclama Cascão, enquanto é puxado por seu amigo para longe dali.

Os dois viram as costas e vão embora, apressados. Estava na cara que era enrolação do Cebola, Mônica sabia disso. Furiosa, ela desabafa com Magali.

– Ele só pode estar de brincadeira. Então, o Cebola acha que não consigo jogar um "gamezinho" de luta?! – questiona, cerrando os punhos.

– Mas você não sabe jogar mesmo, amiga! – responde Magali.

– E como é que você sabe que eu não sei jogar, se nunca joguei?
– Por isso mesmo?... – pergunta Magali, meio desconcertada, enquanto se delicia com uma barrinha de cereal para não ficar de barriga vazia até a hora do almoço.
– Bom. Então, a gente vai ter que treinar – diz ela encarando a amiga, como se prestes a entrar numa briga. – E muito.
– Aaaahhh... Treinar? Sério? Que uó... – lamenta Magali. Só de pensar, a menina fica com preguiça. Ela sabe que quando Mônica coloca uma coisa na cabeça não sossega até conseguir.

Dito e feito. Mônica começou a treinar no mesmo dia. As duas se encontraram mais tarde, depois da escola, na casa dela. *O jogo não deve ser tão difícil assim*, Mônica pensa. Antes mesmo de começar, ela já está vibrando.
– **VAMÔÔÔ!**
– Mô, se acalma aí! Tá na abertura ainda – alerta Magali, vendo a empolgação da amiga, já com o controle na mão, enquanto começa a abertura de Supertreta Fighters na tevê.
– Ah... Não deve ser tão difícil, vai. Olha esses jogadores e todos esses golpes que eles podem dar e essas armas... Uau, Magali! Vamos ser as jogadoras mais poderosas do bairro, as lindas, estratégicas e... É, claro... Depois dessa abertura poderosa e explosiva, a gente faz o quê?! – pergunta Mônica, ainda meio confusa com os botões.

Enquanto Mônica se entende com o controle para começar a jogar, Magali toma os últimos goles de um suco de melancia oferecido pela mãe da amiga.

– Hum... Sua mãe faz mesmo um suco delicioso, né? O de melancia é o meu preferido!

– Conta uma novidade, Magá... Agora, me diz uma coisa: o Quim não liga mesmo de a gente usar o JKBox dele, né? – pergunta Mônica mais uma vez, para se certificar de que não haveria problema por terem pegado o *videogame* do amigo emprestado sem que ele estivesse em casa.

– Liga nada! Fica tranquila. Ele é super de boa com isso.

Enquanto isso, na casa de Quim, o garoto se desespera ao chegar da padaria do pai e ver que os cabos da tevê estavam soltos sem o *videogame* conectado a eles.

– **CADÊ MEU JKBOX ONE?!** – grita ele, em choque, levando as mãos à cabeça e procurando o *videogame* pela casa inteira.

Magali omitiu um pequeno detalhe à Mônica: ela não tinha informado ao namorado que seu *videogame* estava a dois quarteirões dali, precisamente no quarto da amiga.

No intervalo entre uma luta e outra, Magali termina de tomar o suco, belisca umas frutinhas, lixa as unhas. Exausta, se deita na cama da amiga e fica por ali mesmo, tirando um cochilo. Mônica, por sua vez, continua na adrenalina, ainda mais depois de conseguir aprender todos os atalhos no controle para dar socos, chutes e golpes nos adversários.

As duas já estavam treinando havia horas, mas Mônica continuava incansável. O avatar da menina acaba de vencer mais um adversário no *game*. *YOU WIN!*, ela ouve o *videogame* dizer.

— Uhuuuuu! Finalmente, tô pegando o jeito! Mais uma vitória! Bate aqui, parceira! — exclama ela se virando para trás e estendendo a mão para Magali, que só tem forças para levar uma das mãos à boca para um bocejo.

— Cineminha agora? — sugere Magali, achando que enfim a amiga ia parar de jogar.

— Claro que não, né, Magá? Esse só foi o treino. Agora é que vamos começar a jogar pra valer — afirma a menina, selecionando a opção "Jogar *on-line*" na tela.

Não muito longe dali, no quarto do Cebola, ele e Cascão estão prestes a começar a jogar também. Mas assim que pegam os controles e ligam o *videogame*, Cascão faz questão de deixar claro os termos do jogo para o amigo:

— Cebola, o lance é o seguinte: eu aceitei jogar com você de novo só porque sou muito seu amigo, mas se liga: você aí, eu aqui. Este controle é meu, esse aí é seu. Sacou?! Meu, seu — diz ele, apontando para um e em seguida para o outro. — Tá tranquilo ou quer que eu desenhe?

— Tá, tá, vamos logo. Falta pouco pra gente ir para as quartas de final — responde Cebola, impaciente.

Na tela, o *videogame* emite um som indicando que a luta vai começar. Os avatares das oponentes são desconhecidos. Os dois nunca tinham visto essas competidoras antes. Uma ninja está toda vestida de azul, só com os olhos de fora; e a outra com uma armadura de melancia com um capacete cobrindo o rosto. Embora achem estranho, Cebola e Cascão nem desconfiam que as adversárias sejam ninguém mais ninguém menos que a Mônica e a Magali.

– Saca só essas jogadoras! Certeza que são uns *noobs* sem-noção. Tá no papo! A gente vai ganhar fácil – afirma Cebola, confiante.

Cebola_no_olho – o avatar de Cebola – é o primeiro a enfrentar uma das novas oponentes. MS.Ninja surge do lado oposto deles e os dois oponentes ficam em posição de ataque. Na tela, a contagem regressiva: três, dois, um... *FIGHT!* Começa a luta. O avatar da Mônica desfere o primeiro golpe: em um salto, ela lança um círculo de fogo que vai girando até o adversário, atingindo-o repetidamente. Depois de uns seis golpes, porém, o avatar do Cebola consegue se desvencilhar.

Do outro lado da tela, Mônica está concentrada. Cebola, por sua vez, mexe com agilidade nos botões do controle. Quem será que vai ganhar?

Cebola contra-ataca. Seu avatar todo verde com asas assustadoras, orelhas pontiagudas e cabelos roxos vem com tudo e manda um golpe certeiro na oponente. Com os olhos vermelhos de raiva, ele lança raios que saem de suas mãos, os quais ganham força até atingirem MS.Ninja em cheio. Em seguida, de forma ágil, ele dá um salto no ar em direção a ela, emanando raios e derrubando-a no chão com uma das mãos. **NOCAUTE!**

– Como ele fez isso?! – pergunta Mônica, impressionada.

Do outro lado, Cebola vibra:

– Iêêêêêê, perdeu!

Agora é a vez de Casca Mestre e Melaine_123. De uniforme de hóquei, máscara e taco na mão, o avatar do Cascão está pronto para começar a luta. Do outro lado, a jogadora misteriosa com melancias nos braços e nas pernas também se posiciona com os punhos em posição de ataque.

Já fora da tela, a realidade é outra, Cascão masca chiclete despretensiosamente, enquanto Magali boceja mais uma vez, tamanha a animação em jogar. *Ready*!, exibe o jogo na tela da tevê. A luta começa.

Sem ainda se entender muito bem com os macetes do controle, Magali dá socos e chutes no ar até que, por fim, acerta uma voadora e sai girando no ar, desferindo uma sequência de golpes em Cascão e derrubando-o em cheio no chão.

— Cascão, você está perdendo! – exclama Cebola, com os olhos arregalados.

— Relaxa, Cebs, tá de boa – responde ele, tentando não se preocupar.

Quando Casca Mestre volta a ficar em pé, e o combate recomeça, Magali aperta os botões do controle com toda a força e ensaia uma outra voadora no adversário.

— Vai! Vai! Vai! Vai! – ordena ela, esticando os braços para ver se o controle obedecia.

Do outro lado, porém, Cascão golpeia a oponente com seu taco, fazendo-a desaparecer e cair no chão em seguida. Nocaute! A luta termina.

— Eles são bons mesmo, Mô – diz Magali, em choque. As duas suspiram decepcionadas e, por fim, Mônica dá um tempo no jogo. – Bom, pelo horário, perdemos a sessão do filme, mas a gente podia fazer uma pipoquinha e assistir àquela série romântica na Comicflix, o que acha? – pergunta Magali, levantando-se para fazer a pipoca, enquanto Mônica se estica toda para alongar os braços exaustos de tanto jogar.

No dia seguinte, Mônica ainda está inconformada. Enquanto toma um suco sentada do lado de fora, na lanchonete perto da escola com Magali e Cascuda, ela retoma o assunto do jogo.

— Amiga, a gente precisa treinar mais. Você está me ouvindo?

Magali estava entretida demais se deliciando com uma taça gigantesca de sorvete de morango e calda de chocolate para dar ouvidos àquele assunto entediante de jogo de luta de novo.

— Ai, Mô — responde ela entre uma colherada e outra —, a gente já treinou com tooodooo mundo que deu! Você não acha? Mas o Cebola e o Cascão jogam desde que nasceram. A gente nunca vai conseguir alcançar eles tão rápido.

— Então, a gente precisa de uma estratégia! — diz Mônica, decidida.

— Ai, gente, sério? Já não basta eu ter que ouvir o Cascão falando disso o dia inteiro? Agora vocês também? — reclama Cascuda, enquanto responde uma mensagem no celular. – Há, há, há, bem feito! Ele perdeu o controle de novo – conta ela, mostrando uma foto que o Cascão tinha acabado de enviar para ela do Cebola fissurado com os dois controles nas mãos e ele apontando para o amigo. – Tava na cara que isso ia acontecer. O Cebola é maluco.

– Hummm... Quer dizer, então, que ele tá jogando sozinho? – pergunta Mônica, atinando para uma ideia. – Já sei o que podemos fazer: precisamos desestabilizar o Cebola no jogo!

– Desestabilizar? Mas como faremos isso? – pergunta Magali, confusa.

– **MEDO** – afirma ela, obstinada. – O medo tira o foco de qualquer um... Vamos pensar. Do que o Cebola tem medo?

Nessa hora, passa um filme na cabeça de Mônica. Ela se lembra das intermináveis perseguições pelo bairro atrás do Cebolinha, como ela o chamava na época, com seu coelho de pelúcia Sansão nas mãos, e o garoto apavorado correndo com medo de ser atingido pelo boneco.

Certa vez, recorda, ele ficou completamente sem saída. Ela tinha conseguido encurralá-lo bem no muro onde a "pestinha" tinha colado um daqueles cartazes em que a desenhava chamando-a de baixinha, dentuça e gorducha. A lembrança era tão viva que Mônica era capaz de ouvir a voz infantil dele pedindo que não lhe desse mais uma coelhada.

Era isso! Nada como reavivar o sentimento de antigas lembranças para interferir no presente. Por mais que gostasse do amigo, de uma forma que às vezes nem mesmo ela entendia, Mônica estava disposta a fazer o que fosse preciso para atingir seu objetivo. Isto é, derrotar Cebola no torneio de *games* e chegar à final. Afinal de contas, ela nunca fugiu de uma briga, não seria agora que isso aconteceria...

— Eu sei **MUITO BEM** do que ele tem medo... E ele nem sonha que nós terminamos em segundo no grupo e também conseguimos passar pras quartas de final! – completa ela, confiante.

Mais tarde, em seu quarto, Cebola continua a jogar, superempolgado. Cascão, por sua vez, fica numa boa lendo um gibi, enquanto o amigo ganha do último adversário das quartas de final, um tal de Capitão Infernal. Depois de dar o golpe fatal, Cebola sente o gostinho da vitória e eles ouvem o *videogame* anunciar mais uma vez: "*You win!*". O torneio parecia estar garantido.

— Uhuuuu! Nem acredito! Semifinal, maluco! *Tamo* quase lá, Cascão!

— *Tamo*, não, né? Você que tá. Quero ver se você for para a final. Você vai jogar sozinho? – pergunta Cascão para o amigo.

— Isso a gente resolve depois – responde Cebola.

Quando o próximo oponente surge na tela, Cebola tem uma surpresa: a adversária é uma garota com cabelo chanel castanho-escuro vestida com uma armadura de aço e uma coroa na cabeça com orelhas semelhantes as de... *Peraí*! Ela ainda está segurando correntes de aço em cujas pontas havia bolas em formas de... O quê? Coelhos! Não pode ser. Quando

Cebola viu o *thumb* da adversária, tudo ficou claro: **M0N1C4**. Cebola arregala os olhos.

– É ela mesma... – sussurra ele.

O *videogame* anuncia que o jogo vai começar, mas Cebola ainda está petrificado. Por essa, ele não esperava. Como ela havia conseguido chegar à semifinal? E mais? Por que, de repente, ele tinha perdido toda a sua confiança? Enquanto, numa fração de segundo, Cebola experimenta todas essas sensações e inseguranças, ficando totalmente hipnotizado e desestabilizado, Cascão, embora menos surpreso, deixa a revista de lado e fica com os olhos vidrados na tela.

– Essa eu não perco de jeito nenhum! – diz ele, entre empolgado e curioso.

Do lado de lá da tela, outro par de olhos também fitava o jogo. Estes, porém, bem mais concentrados e determinados. Eram os de Mônica. A menina estava, como dizem, com "sangue nos olhos". Ou seja, não havia entrado naquele desafio para perder. Agora, estava diante do seu maior adversário. Então, aquela era a hora. Mas o que ela queria? Provar para o Cebola que era melhor do que ele? E por quê? Ela nem teve tempo de dar vazão àqueles pensamentos, só importava ganhar. Foi quando o jogo começou: *FIGHT!*, apareceu na tela.

– *Vamo* lá, Mô! – exclama Magali, na torcida ao lado da amiga, enquanto se delicia com uma bananinha.

De cara, o avatar de Mônica desfere duas coelhadas de aço seguidas no avatar de Cebola, rodando a corrente e lançando a bola de aço em forma de coelho bem em cima dele. O avatar de Cebola cai no chão. Suando e com as mãos trêmulas, Cebola não reage, simplesmente não aperta nenhum botão do controle. Cascão cutuca o amigo na mesma hora:

– Ô, Cebola! Você está *bugado*?! Não acredito que você está com medo da Mônica! Há, há, há!

– Que medo o quê?! – responde ele, nervoso.

– Cara... Ela chegou na semi – diz Cascão, embasbacado. – Não tô acreditando.

Ainda com os olhos arregalados, Cebola volta a jogar. Ele dá os comandos nos botões para lançar raios para cima dela, seu avatar fica de olhos vermelhos e uma bola de raios sai de suas mãos. Mas, no momento que dá o salto para golpeá-la com um soco, ele é surpreendido: Mônica se defende contra-atacando diversas vezes no ar com o coelho de aço na ponta da corrente, implacável. Sem nem ter tempo de reagir, o avatar de Cebola cai no chão, completamente derrotado.

No quarto da menina, a euforia. Quando surge na tela o aviso de que tinha vencido, Mônica começa a gritar de emoção:

– **AAAHHH!** Não acredito! Deu certo! – exclama ela, pulando e agitando os braços em comemoração. – Consegui derrotar o Cebola! Eu consegui! Isso que era complexo?! Toma na cara esse complexo!

– Mas e agora? A gente vai jogar a final, né?! – pergunta Magali, perplexa.

– Hein? Que final? – quer saber Mônica.

– A FINAL DO CAMPEONATO, CRIATURA! – berra a amiga. – Essa foi a semi, você não prestou atenção?

– Ai... Não acredito... Os meninos foram desclassificados? – diz ela, com o olhar perdido e a voz já não tão eufórica.

– NÃÃÃÃÃÃÃÃÃÃOOOOOOOOOOOO! – a vizinhança toda ouve Cebola gritar, quando ele se dá conta de que estava fora da competição. Mais alguns decibéis e Mônica e Magali ouviriam também.

No dia seguinte, uma música animada toca em caixas de som em cima de um palco montado na quadra da escola. As arquibancadas estão lotadas. A galera toda está aguardando para assistir à grande final do campeonato Supertreta Fighters. De repente, a voz estridente de Denise ao microfone interrompe o falatório dos estudantes. Ela anuncia que a partida vai ser transmitida em poucos minutos no enorme telão colocado na quadra, e os jogadores vão competir ao vivo. A luta está prestes a começar.

– Bem-vindos e bem-vindas à grande final do torneio de Supertreta Fighteeeers! Ai, gente. Eu queria agradecer à LoveFace, que fez essa *make gamer* romântica maravilhosa em mim e...

Enquanto Denise faz os agradecimentos e filma a si mesma pelo celular numa *live* diante de uma plateia entediada, Mônica e Magali conversam ao lado do palco, nos bastidores, aguardando serem chamadas.

– Ai... Por que eu fui inventar essa história toda de ganhar do Cebola, hein? – desabafa Mônica, um tanto arrependida.

– Ah, agora já foi, amiga. Foca no laaaaanche que eles vão dar depois – responde Magali com água na boca e de olho na mesa preparada para os finalistas.

Mas Mônica não dá atenção, seu pensamento está em outra coisa. Ou seria pessoa? Então, se aproxima do palco para espiar o público nas arquibancadas. Ela consegue localizar Quim, que tinha vindo torcer pela Magali, e ao lado dele o Cascão, mas sozinho. A cadeira ao lado estava vazia.

– Caramba... Ele ficou mesmo chateado comigo. Não respondeu minhas mensagens nem veio ver a competição – lamenta ela, suspirando.

– Genteee! Chegou a hora! – anuncia Denise. – Quero chamar ao palco os finalistas: Nimbus e Jeremias contra Mônica e Magali!

As duplas se apresentam no palco. Elas acenam em direção ao público e a plateia vai à loucura: grita os nomes deles e aplaude entusiasmada. Denise explica as regras do jogo:

– Na fase final, as duplas jogam simultaneamente. Três *rounds*, dois contra dois, uma única partida, blá-blá-blá... – conclui ela sem muita paciência.

Enquanto a tela projeta a imagem das duplas, alguém surge na arquibancada. Cebola chega meio cabisbaixo e se senta ao lado de Cascão.

– Olha ele *aê*! – diz o amigo.

– Sai pra lá. Eu só vim ver as sortudas perderem... – responde ele, emburrado, os braços cruzados.

No palco, as duplas já estão a postos com seus respectivos controles nas mãos e olhos vidrados no telão. O ginásio está em silêncio. Só uma pergunta paira na cabeça de todos: quem vai ganhar?

Mônica e Magali mostrarão que a dedicação supera a inexperiência e vencerão o campeonato? Ou a sagacidade e o entrosamento de Nimbus e Jeremias vão fazer diferença na hora da luta? A espera pelo resultado está prestes a acabar: começa a contagem regressiva do jogo: "três, dois, um... **TRETA!**".

Mal o combate começa, Jeremias dá um chute no avatar de Magali. Mônica ensaia dar uma coelhada no avatar de Nimbus, mas o garoto projeta uma parede de proteção contra ela e contra-ataca. Em menos de dez segundos, os avatares das duas jogadoras caem no chão depois de vários golpes seguidos dados pelos adversários.

– Nossa... Mônica e Magali começaram mal! Acho que a gente vai conhecer os vencedores logo, logo! – exclama Denise, vendo as duas sendo derrotadas.

Então, sussurra: – Ai, que alívio...

O jogo continua. Enquanto Magali aperta todos os botões do controle ao mesmo tempo, numa tentativa desesperada, Mônica respira fundo, fazendo de tudo para parar de pensar em Cebola e se concentrar.

– Vamos lá, Mônica... Esquece ele e se concentra no jogo! – diz a menina a si mesma.

Mas não adianta, os avatares das duas jogadoras só fazem se defender. Nimbus e Jeremias estão implacáveis, literalmente voam no jogo, dando golpes para lá de profissionais. Até que Mônica dá uma virada e consegue atingir de uma só vez os avatares de Nimbus e Jeremias lançando sua corrente com o coelho de aço nas pontas. Os dois oponentes são atirados para longe.

Na arquibancada, a galera vibra. De olho no telão, Cebola e Cascão ficam impressionados.

– Nossa, cara... Elas não estão aqui por sorte, não, hein? Se bem que pra Magali deve ser – comenta Cascão, ao ver a menina avoada admirando o namorado de longe.

Bem na hora, Quim acena e manda beijo para a namorada, que retribui no meio de um golpe. Quando Mônica vê, fica irritada e chama a atenção da amiga.

– Magá, foca! Falta pouco pra gente ganhar! Concentre-se no jogo, senão a gente vai perder!

O tempo está quase se esgotando, o cronômetro é implacável. Em poucos segundos, todos os estudantes da Escola do Limoeiro vão saber quem é a dupla vencedora. Embora Mônica e Magali dominem a situação, desferindo coelhadas e golpes nos adversários, Nimbus e Jeremias não desistem, mantendo-se frios e focados.

– Vocês estão vendo o que estou vendo? Elas viraram o jogo! Ai, me amarrota que eu tô passada! – exclama Denise, impressionada com a habilidade das duas finalistas.

Enquanto isso, quem não perde um só movimento de Mônica no jogo é justamente seu maior "adversário" desde a infância. Cebola nem pisca e está mais que admirado pela evolução da amiga no jogo.

– Cara... A Mônica tá arrebentando! – o menino deixa escapar.

O jogo avança. Mônica lança as correntes com os coelhos de aço nas pontas em direção aos adversários, uma nuvem de fumaça se forma em volta deles e os avatares de Nimbus e Jeremias são arremessados no chão. Mais um golpe e elas serão as vencedoras. Quando faltam apenas poucos segundos para o jogo terminar, porém, um grito ecoa na quadra inteira parando a luta:

– AAAAAAAIII! Torci meu dedo!

A plateia fica apreensiva. Todos olham para Magali, que estica o braço, mostrando seu dedão vermelho e torcido. O jogo para. E agora? O que vai acontecer?

– Ai, ótimo. Então, acabou. Todo mundo perdeu. Vamos, gente! Vamos! – diz Denise, revirando os olhos e fazendo um gesto para que eles deixassem o palco.

– Não, Denise! – contesta Nimbus, irritado. – Quando isso acontece, o participante machucado deve ser substituído por outra pessoa. A Mônica só precisa escolher alguém para terminar o jogo com ela.

Nessa hora, Magali segura Mônica e olha para ela como se estivesse prestes a desfalecer.

– *Miga*, chama o Cebola pra jogar – sussurra ela em tom de sofrimento.

– O Cebola? Mas ele nem... – responde Mônica, pega de surpresa quando vê Cebola na arquibancada – veio. Eu chamo o Cebola! – completa ela, abrindo um sorriso.

– E pode isso? – questiona Denise, franzindo o cenho. – Enfim... A Mônica tá chamando o **CEBOLA!** – anuncia ela no microfone.

Ao ouvir o próprio nome, Cebola hesita.

– Eu? Com a Mônica?!

– Vai lá, mano! Você não queria tanto jogar a final do campeonato? – diz Cascão, inconformado ao ver o amigo em dúvida. Cebola olha nervoso, paralisado, para Cascão. – Mano! Qual é o seu problema? Você estará no mesmo time dela, não pega nada... O que foi que houve?! Tá com medo? A não ser que... não seja medo o que sente por ela... – completa ele, em tom de deboche.

– O quê?! Tá maluco?! Não viaja, Cascão! – exclama ele, revoltado.

– Ai, vamos acabar logo com isso! – insiste Denise, impaciente, diante da demora do novo participante.

– Vem! Cebola! Cebola! Cebola!

A plateia começa a gritar com Denise. Pressionado, Cebola fecha os olhos, as vozes parecem zunir em seu ouvido. É aquele momento decisivo que ele pode aproveitar ou deixar passar para sempre. Não tem volta. As vozes do lado de fora são abafadas por um misto de sentimentos do lado de dentro: medo e coragem, receio e confiança, amizade e...

Cebola respira fundo, toma coragem e vai até o palco. Mônica estende o controle para ele. Agora não era mais um contra o outro, e sim um com o outro. A antiga rivalidade entre os dois ganha uma trégua.

– Vamos detonar, Mô!

Mônica sorri e os dois se concentram no telão. A batalha final já vai começar. Por aquela, nem Mônica nem Cebola esperavam. Quem diria que o torneio teria aquele desfecho? Não adiantou Cebola resistir, parece que o destino queria mesmo que eles jogassem. Agora, era fazer o melhor em prol do mesmo objetivo: vencer. Empolgada com aquela reviravolta na competição, a plateia não para de vibrar e faz o maior barulho.

Agora, os avatares de Mônica e Cebola aparecem do mesmo lado do telão. A música do jogo recomeça e toma todo o ginásio. Chegou a hora da batalha final. Do outro lado, Nimbus e Jeremias já estão prontos e totalmente compenetrados. Um deles aperta o *play* e a batalha recomeça. *Ready*!

Mônica e Cebola correm em direção aos adversários para atacá-los, mas Nimbus e Jeremias pairam no ar e lançam uma descarga elétrica superpoderosa nos dois, nocauteando-os de uma vez por todas. O golpe é fatal. Os avatares de Mônica e Cebola nem têm chance de defesa, são lançados direto ao chão. O jogo acabou.

Mônica e Cebola sorriem um para o outro, sem jeito. Denise não dá nem tempo de a plateia absorver o resultado.

– Os vencedores são... Nimbus e Jeremias! Palmas para eles!

Em meio aos aplausos finais, Mônica e Cebola conversam. Apesar de todo o barulho, naquele momento só eles dois parecem existir.

– Foi mal, Mô – diz ele, levando uma das mãos para trás do pescoço, ainda sem graça. – Acho que acabei atrapalhando você, né?

– Imagina, Cê! Foi divertido. Valeu por topar fazer dupla comigo – responde ela, em tom de voz doce.

– Você é *mó* boa em Supertreta Fighters, Mônica. Dá orgulho de ser seu... – antes que o menino pudesse completar a frase, Mônica dá um beijo em sua bochecha. Totalmente sem reação, Cebola termina com apenas uma palavra: – ...amigo!

– Bem, vou indo. Tchau, tchau, Cebola, a gente se vê por aí – diz ela, acenando e virando as costas.

Cebola permanece imóvel, acompanhando com o olhar Mônica se distanciar. Distraído, ele não vê quando Cascão chega por trás e pula nas costas dele.

– *Aê*, vacilão! Perdeu!

– Ah, velho, me solta!

– Se fosse a Mônica, você deixava, né?!

– Eu não faço ideia do que você está falando! – responde ele, guardando todo aquele sentimento só para si.

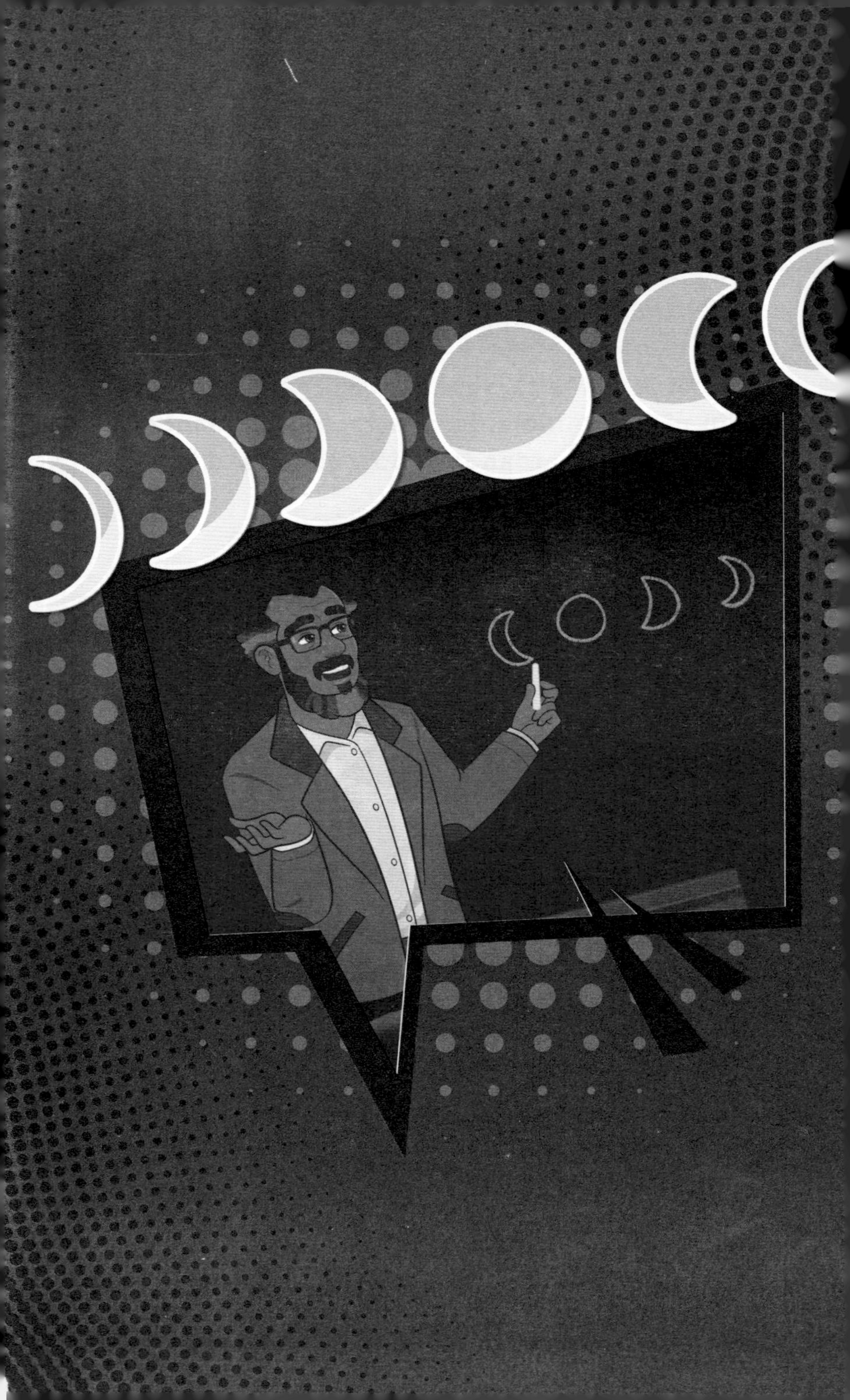

A balada da Superlua

Uma semana depois, ninguém se lembrava mais do torneio nem do que tinha acontecido nele. O assunto na Escola Limoeiro agora é outro: a balada maneiríssima que vai rolar na mansão 179, na noite da tal Superlua. Todo mundo vem comentando sobre o fenômeno que vai ocorrer naquela noite – inclusive o professor Rubens, que aproveita a ocasião para ensinar aos alunos sobre o ciclo lunar.

– A Lua passa por um ciclo: nasce, cresce, morre e nasce de novo – diz ele apontando, uma a uma, as quatro fases da Lua desenhadas no quadro. – Estão vendo aqui? Ela nasce, cresce, morre... Nasce, cresce, morre...

Embora Rubens ensine com paixão, os alunos não acham as fases da Lua tão apaixonantes assim. Denise está totalmente virada para trás, enquanto Carmem pinta as unhas dela; Xaveco está concentrado tirando cera do ouvido com a borracha na ponta do lápis; Magali digita no celular freneticamente trocando mensagens com Quim; Titi, cansado de olhar para o relógio de 30 em 30 segundos, resolve amassar uma bolinha de papel e jogar no ventilador do teto. A bolinha acaba voltando e bate na testa de Xaveco, que dá uma reclamada de leve.

– Quem foi o mané que fez isso?

Do outro lado da sala, Cebola faz de tudo para não cochilar; Cascão, por sua vez, sentado na carteira de trás, cochicha no ouvido do amigo:

– Ai, cara, não tô aguentando... Essa aula de novo? O professor não sabe falar de outra coisa? É hoje a tal Superlua? Só o **Do Contra** tá interessado.

– Óbvio, né? É só ninguém dar bola, que ele fica amarradão no assunto.

Os dois olham para o garoto sentado um pouco mais à frente, enquanto ele presta atenção em tudo que o professor fala.

Nessa hora, Cebola sente o celular vibrar no bolso. Ele disfarça e pega para ver de quem é a mensagem. Pelo visto, nem a Mônica estava aguentando mais a aula.

"E aí? Animado pro luau hoje à noite?"

Sem muita empolgação, Cebola mostra a mensagem para Cascão e os dois se viram juntos para Mônica, que está sentada logo atrás e sorri animada para eles. Cebola e Cascão devolvem o sorriso, embora um pouco sem graça.

Enquanto isso, a voz do professor ao fundo parece um eco:

— O ciclo da Lua simboliza as fases da vida. Ele nos lembra como tudo se transforma. Nossos gostos, nossos desejos, nossos amigos...

O sinal toca. Uma sensação de alívio toma conta da sala. Todos se apressam para juntar suas coisas para sair e deixam o professor meio que falando sozinho.

— Enfim, aproveitem a Superlua de hoje para refletirem sobre a vida! É a maior Lua em décadas! — conclui Rubens com o tom de voz alto e apressado em meio ao falatório dos alunos que saem da sala de aula.

Ao ver que ninguém está mais dando atenção ao professor, Cascão, já do lado de fora da porta, dá um passo para trás e responde despretensiosamente:

— Falou, *fessor*, deixa com a gente! Vamos refletir bastante sobre o assunto!

O professor leva as mãos à cabeça e faz cara de decepção. *Tô vendo o quanto vocês vão refletir*, pensa ele.

Os alunos aproveitam o intervalo da aula no pátio da escola. Sem grana, Cascão e Cebola disputam as mordidas de um sanduíche que racharam. Magali mexe no celular, enquanto se delicia com um lanchinho só seu, que, claro, não divide com ninguém. Quando abre sua rede social, vê a *live* que Denise está fazendo do outro lado do pátio.

— É hoje, hein? A balada da Superlua na Mansão 179! — exclama a menina, que balança o cabelo de um lado para o outro, à procura de seu melhor ângulo. As curtidas não param de chegar. — Imagina aquela "luona" gigante brilhando na sua nuca, enquanto você ferve na pista? Vai ser profundo! Vai ser místico! Vai ser... épico.

Denise interrompe a *live*. Pela quantidade de curtidas e as pessoas que assistiram, a festa vai ser um sucesso. Ela e Carmem caminham pelo pátio e chegam bem na hora em que Magali guarda o celular no bolso desanimada.

— Seria épico se a gente pudesse entrar... — diz Magali para Cascão e Cebola, que se estapeiam pela última mordida do sanduíche.

— Querida, se vocês pudessem entrar, não ia ser épico. Ia ser trágico. Festa boa é festa com convidados selecionados. Como a gente, né, Denise?

– provoca Carmem com uma pose vaidosa ao ouvir o comentário da Magali.

– Ah, dá um tempo! Ninguém tá interessado nessa festa metida a besta – responde Cascão.

– É. A gente tem o luau na casa da Mônica pra ir. Ela tá organizando há um tempão e vai ser irado! – completa Magali, fingindo se gabar.

Embora estivesse doida para ir a tal festona, Magali não podia dar o braço a torcer. Além do mais, sabia que Mônica ficaria muito chateada se ela tentasse desmarcar a programação que já estava combinada há mais de um mês para tentar descolar um convite para a festa – que, aliás, prometia ser a mais badalada da escola naquele semestre.

Enquanto toda a galera se preparava para o grande dia, ou melhor, para a grande noite, com direito a uma Superlua, comentando sobre roupas e uma atração ainda misteriosa que estaria presente, há semanas Mônica vinha tendo ideias para o luau que ia organizar em sua casa.

Foi assim na sorveteria outro dia, enquanto ela, Magali, Cascuda e Marina conversavam: "Humm! Sorvete de menta com abacaxi! Vou fazer pro nosso luau", comentou Mônica, empolgadíssima.

E também no dia em que os meninos jogaram RPG na praça do Limoeiro. Mônica não se aguentou e na empolgação acabou derrubando o jogo todo deles. "RPG! Vai ter no luau! Jogos de tabuleiro também, hein?", avisou ela, toda animada, quando vira Cascão, Cebola, Jeremias e Franja concentrados na partida.

Isso sem mencionar quando ela surtou e quis porque quis dar um abraço coletivo em Magali, Cebola e Cascão em comemoração àquele dia especial em que eles celebrariam a duradoura amizade que existia entre eles. "Preparem-se, pois nosso luau vai ser demais!", disse, radiante.

Quando se lembrou disso tudo, Magali concluiu mais uma vez que a festa ia ficar só na vontade mesmo.

Percebendo a cara de desânimo de Magali, Cebola e Cascão, Denise ri dos três.

— Há, há, há! Ai, ai... Admiro quem consegue se divertir com tão pouco.

— É. Eu não consigo. Preciso de um DJ de fama internacional, mesmo. Que, aliás, vai tocar lá na festa – diz Carmem. – Aiii, o talentoso DJ Esquilo! – completa ela, suspirando.

– Não era para revelar agora, Carmem! Eu ia fazer outra *live* mais tarde pra contar a surpresa pros convidados, mas sem problemas, pois eles não vão estar lá, mesmo...

Denise e Carmem viram as costas e deixam Magali, Cebola e Cascão com cara de tacho. DJ Esquilo era o DJ mais famoso do momento. Frequentava todos os circuitos internacionais de música eletrônica e tocava nas maiores festas do país. No que diz respeito a baladas, era o ídolo da garotada. Sabe-se lá quando ele estaria numa festa no Limoeiro de novo. Quem daria mole de perder a oportunidade de ir a uma festa com ele? Bem, pelo visto, Magali, Cascão e Cebola, sim.

Os três cruzam os braços, desconsolados.

– A gente tem que ir mesmo a esse luau? Será que não dá pra remarcar pra outro dia? – pergunta Cascão, inconformado com a situação.

– É mesmo, Magali. Pô, a Mônica já é bem grandinha. Se a gente não for, ela vai entender!

– Ai, eu é que não vou falar com ela. Aliás, nem vocês! Não vamos arriscar deixar nossa amiga triste só por causa do maravilhoso, magnífico DJ Esquilo – diz ela, inconsolável.

Ao anoitecer, Magali, Cebola e Cascão se encontram em frente ao portão da casa da Mônica na hora marcada. Pelo silêncio, eles se deram conta de que tinham sido os primeiros a chegar. Os meninos ainda ponderam se já era hora de entrar, mas Magali os empurra portão adentro sem lhes deixar qualquer chance de desistir. Conformado, Cebola toca a campainha da casa da amiga e, em seguida, procura se consolar enquanto eles esperam no quintal.

— É isso aí, gente. Pelo menos, a galera do bairro disse que vai estar aqui.

— É mesmo. E quem precisa de DJ famoso quando a gente tem...

Antes que Magali terminasse de falar, Mônica surge radiante, com um colar havaiano colorido no pescoço e um girassol no cabelo. A menina não podia estar mais animada.

— *Aloha!* — cumprimenta ela, colocando no pescoço de cada um deles um colar igual ao dela.

— ...A Mô-havaiana-meio-assustadora? — completa Magali, com um sorriso amarelo e falando entre os dentes semicerrados.

Os três se assustam com a animação de Mônica e sorriem sem graça, na tentativa de demonstrar alguma empolgação também. Sem perceber que eles não queriam muito estar ali, ela dá passagem para que todos entrem.

Lá dentro, a surpresa: Mônica havia decorado a casa inteira com motivos havaianos. De flores artificiais coloridas penduradas nos portais da casa a palhas que imitavam saias coladas em todo o corrimão das escadas que davam para o andar de cima. Letras escrito *Aloha* feitas de cartolina enfeitavam uma das paredes da sala e luzes pisca-piscas iluminavam as janelas e a mesa. Isso sem falar nos quitutes já dispostos em cima da mesinha de centro: frutas, sucos diversos, pipoca e por aí vai.

– Fiquem à vontade! – diz a anfitriã, genuinamente feliz em tê-los ali.

De fato, Mônica tinha se preocupado com os mínimos detalhes e tudo demonstrava o carinho com que ela preparara a festa para os amigos. Impressionados, os três tentam disfarçar o desconforto típico de começo de festa e puxam assunto. É claro que o papo acaba mais uma vez na festa na Mansão 179.

– Uau! Você caprichou mesmo, hein? – elogia Magali, já de olho no espetinho de fruta que ia experimentar dali a pouco.

– Ficou muito da hora! Mas cadê o resto da galera? – pergunta Cebola.

– Não sei. Vocês foram os primeiros a chegar. O pessoal tá demorando...

— Deixa eu ver se a Marina e a Cascuda estão vindo – sugere Magali, de boca cheia. A menina saca o celular do bolso e checa os *stories* delas, arregalando os olhos. – Eita! Gente, elas estão indo pra festa na Mansão. Acabaram de liberar a entrada pra todo mundo, até pra quem não tem convite.

— O quê?! – exclamam Mônica, Cebola e Cascão.

— Pelo visto, não tem gente selecionada o suficiente no bairro pra encher a balada, né? – comenta Magali com desdém.

— É por isso que ninguém veio, então?! E, com certeza, nem vão vir... Todo mundo foi pra outra festa, só porque lá vai ter o DJ Esquilo! – diz Mônica com as mãos na cintura e um ar de irritação. Então, ela não se contém e explode de raiva: – **AAAHHHH!** Quer saber? Pior pra eles! Vão perder todas as coisas que eu preparei! Querem ver?

Mônica se levanta do sofá e pega a folha em que tinha escrito toda a programação da festa. Curiosa, Magali se adianta e começa a ler em voz alta o que estava escrito no papel nas mãos da amiga:

– Degustação de espetinho de fruta, uquelele, roda de crochê, caraoquê, verdade ou desafio...

À medida que Magali lê, Cebola e Cascão entram em pânico. Quer tortura maior do que saber que, a poucas quadras dali, estava rolando uma festa maneiríssima, enquanto eles iam fazer roda de crochê?! Não era possível, tinha de haver uma saída!

– Não é legal? Vai ser até melhor o luau só pra gente! – exclama Mônica. – Vou dar um pulo lá em cima para buscar o uquelele!

Os três se entreolham angustiados.

– Ai, caramba! E agora? Eu não quero ficar tocando uquelele! Eu odeio uquelele! Aliás, o que é uquelele? – pergunta Cebola, revoltado.

Nessa hora, os olhos de Magali se iluminam.

– Calma, gente! Acabei de ter uma ideia! Um de nós sai, fica 30 minutos na festa na Mansão e volta. Aí vai outro, fica 30 minutos lá e volta. E assim a gente vai revezando! Daí, todo mundo curte a festa e a Mô não fica triste.

– Boa, Magá! Eu vou primeiro! – diz Cascão, se adiantando todo animado.

Quando Mônica volta com o uquelele, Cascão aproveita a deixa.

– Mônica, tô indo lá em casa buscar um pandeiro e já volto! – diz ele, já perto da porta.

– Tá bom! – responde ela, bem-humorada, sem desconfiar de nada.

Imediatamente, ela começa a dedilhar o uquelele e Cascão vai, deixando Cebola e Magali sozinhos com Mônica ao som do instrumento. Os dois disfarçam e tentam se divertir.

Enquanto isso, Cascão sai disparado em direção ao local da festa: a moradia mais irada do bairro era uma linda mansão de dois andares, com varanda de uma ponta a outra no andar de cima e uma porta de vidro que pegava quase toda a extensão da fachada. Isso sem contar o gramado todo bem-aparado na frente, que tornava a casa o cenário perfeito para uma festa inesquecível para todos.

Quando Cascão chegou em frente à mansão, não dava para ver direito como estava lá dentro e a área estava vazia do lado de fora. Havia apenas duas ou três pessoas entrando. Cascão só viu o Xaveco ensaiando um *moonwalk* sozinho no gramado. *Será que ele ia se apresentar ou coisa assim?*, imagina.

Também mal dava para ouvir o som direito, a música parecia baixa e o som estava abafado. Cascão franze o cenho. *Ih, véi. Tá com cara de furada. Bora lá ver*, pensa. Ele atravessa o jardim da casa e segue até a porta. Ao abri-la, ele fica embasbacado com o nível profissional do evento.

– Uou...

Seu rosto se ilumina com as luzes dos *spots* coloridos que irradiam em cima da pista de dança. Lotada, a mansão fervilha e mais parece uma boate dessas de cidade grande. *O bairro inteiro está aqui dentro. Agora está explicado por que o luau da Mônica estava aquele... fiasco.*

Aliás, ao entrar, Cascão nem se lembra mais de ter combinado de voltar em meia hora. Era impossível sair dali. Magali e Cebola que dessem um jeito.

Antes mesmo de o DJ começar a tocar, a galera já se acaba na pista de dança ao som do *hit* do momento: *Everybody dances right now*. É claro que ele logo entra no clima e começa a dançar, deslizando na pista.

– Cheguei, galeraaaaa! Isto aqui está irado! Por que eu não vim antes?

Animado, Cascão começa a fazer passos de *break dance*. A galera ao redor vibra e começa a filmar.

– Uhuuuu!

Na casa da Mônica, a animação não era nem de longe parecida. Cebola e Magali já estão agoniados com a demora do Cascão e as canções da Mônica. A menina nem se liga e continua absorta tocando e cantando músicas estilo MPB.

– "Lua no céu estrelado. Estrela no mar encantado..."

Cebola disfarça e checa o celular pela milésima vez. Nenhuma mensagem de Cascão. Ele chama Magali para perto da porta e cochicha com ela.

– Já faz uma hora que o Cascão saiu. Parece que ele enganou a gente.

– É mesmo! Que cara de pau! Já sei, eu vou lá buscar ele! – diz ela, determinada, abrindo a porta.

– Não, não, não. Eu que vou! – diz ele, revoltado.

Mas Magali já está do lado de fora da casa. Ao notar que está rolando alguma coisa, Mônica para de cantar e vai até os dois.

– O que houve? Aonde vocês vão? – pergunta Mônica vendo os dois discutindo.

Cebola e Magali se entreolham e tentam disfarçar sem graça.

– É... Ao banheiro! – dispara ela. – Eu preciso muito ir ao banheiro. Acho que essa mistura toda de frutas não me caiu muito bem.

– Ou seria a quantidade de frutas que você comeu? – pergunta Mônica, analisando a amiga.

– Talvez... – responde Magali já abrindo a porta.

– Mas, Magali, por que você está saindo se o banheiro é lá dentro? – questiona Mônica, apontando para dentro de casa. – Esqueceu que tem banheiro aqui em casa?

Magali dá um sorrisinho amarelo.

— Hãã... É que, você sabe, o número dois eu prefiro fazer em casa! Hê, hê — explica Magali, saindo às pressas portão afora.

— Bom, cada um com suas manias... É, Cebola, agora ficamos você e eu. Onde eu estava mesmo? — pergunta Mônica se virando para o amigo e retomando a canção do ponto em que tinha parado: — "Nas nuvens vou voar / Dos meus amigos nunca vou largar..."

Cebola volta para a sala de estar e se afunda no sofá, entediado. Ansioso, ele não vê a hora de também ir para a festa na mansão, onde, aliás, Magali chega determinada a encontrar Cascão.

"Cadê aquele espertinho?", pergunta-se, adentrando a pista lotada e caçando o amigo como se fosse uma presa.

Nem foi preciso procurar muito. Quando Magali viu o alvoroço no centro da pista, logo reconheceu Cascão se acabando de dançar no meio da galera. Ele pingava suor e parecia nem se lembrar do que havia combinado. A música contagiava a todos, a galera em volta vibrava.

— A-há! Achei ele!

Magali começa a pedir licença na pista para ir ao encalço do amigo. No meio do caminho, porém, Cascuda e Marina a veem e a chamam dando um toque de leve em suas costas.

— Magali, até que enfim você chegou! Que demora! Vem cá, você tem que ver isso!

— Rapidão, Cascuda! É que eu preciso muito falar com o Casc--

Nesse momento, um feixe de luz faz Magali tirar totalmente o foco de Cascão. Uma labareda de fogo atravessa a pista bem onde estão e, quando elas olham, um cuspidor de fogo está a poucos metros de distância. Vestindo um par de calças tipo Aladim, um colete aberto deixando à mostra o peitoral, um cordão indiano no pescoço e um turbante na cabeça, o rapaz é de tirar o fôlego.

Os olhos das três se iluminam quando ele sopra mais uma vez formando labaredas no ar. O clima esquenta. As meninas não sabem se são as labaredas ou o cuspidor que as deixam com mais calor. As três ficam embasbacadas diante do espetáculo. Cascão e o resto do mundo que esperem.

– Uau! – exclama Magali.

– Minha nossa! – suspira Cascuda, se abanando.

– Sensacional! – elogia Marina.

A poucas quadras dali, Cebola está ansioso, querendo saber o que Cascão e Magali estão fazendo e por que tanta demora para voltar. Ele checa sua rede social para ver as últimas atualizações. Nem é preciso procurar muito. Logo de cara, ele depara com uma *selfie* de Magali ao lado do tal cuspidor de fogo. *Que espertinha. Quer dizer, então, que ela me deixou aqui nesse luau caído enquanto curte a festa?*, pensa ele, zangado.

– Pronto! Terminei! – diz Mônica, interrompendo seus pensamentos.

Mônica exibe um casaquinho de crochê mal--acabado, com uma manga maior que a outra e uma ponta da linha deixada de fora. A seus olhos, porém, ele estava perfeito.

– Eu também – responde ele, enquanto põe de lado o casaquinho verde muito bem-feito que tinha costurado. (Afinal, as aulas de crochê com sua avó Dona Cebolona tinham lhe ensinado alguma coisa!)
– Acho que a gente não tem mais nada pra fazer, né?
– Tem, sim... Falta a brincadeira mais reveladora da noite! Sabe qual é? – Mônica fixa os olhos em Cebola e, antes que pudesse responder, ela completa: – Verdade ou desafio!

Cebola engole em seco.

– Tá bem... Vamos lá, Mônica – concorda ele, sem alternativa.

A menina pega uma garrafa de refrigerante vazia e coloca para girar em cima da mesinha de centro. Os dois se concentram para ver em que direção a garrafa vai apontar. Quando enfim para de girar, a garrafa fica com o gargalo virado para Cebola.

– Você começa, vai! – exclama Mônica, ansiosa.
– Humm. Verdade ou desafio?
– Verdade – responde ela sem titubear.
– Hã vamos lá... De um a dez, que nota você daria para esta festa?
– **DEZ!** – diz ela, categórica, erguendo os braços para cima. – Ai, eu adoro este jogo.

Arghh, pensa ele. Como eles poderiam ter a visão tão diferente do mesmo acontecimento? Enquanto Mônica parecia cada vez mais animada, Cebola sentia um tédio mortal por continuar ali. Como ele ia escapar dessa?

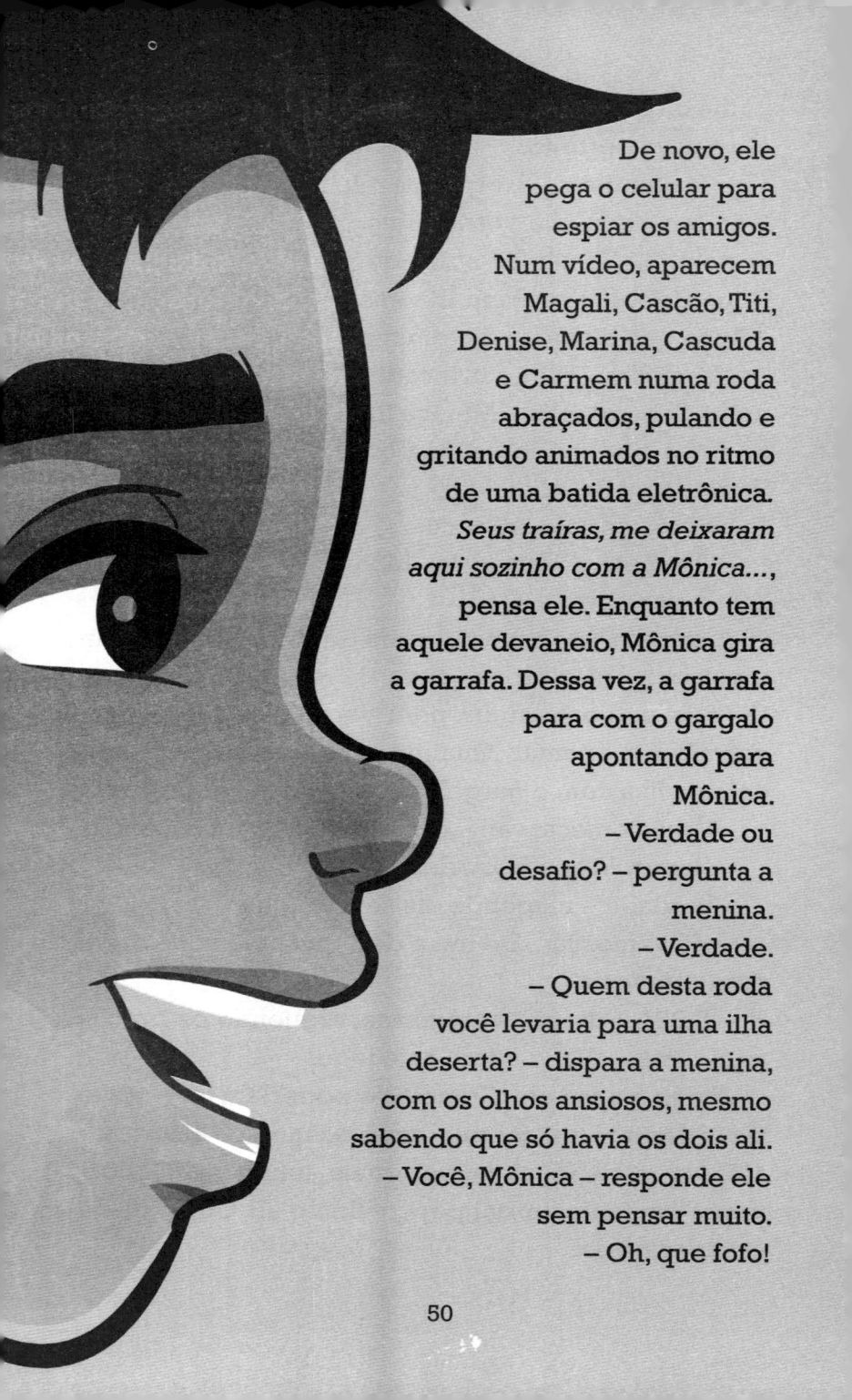

De novo, ele pega o celular para espiar os amigos. Num vídeo, aparecem Magali, Cascão, Titi, Denise, Marina, Cascuda e Carmem numa roda abraçados, pulando e gritando animados no ritmo de uma batida eletrônica. *Seus traíras, me deixaram aqui sozinho com a Mônica...*, pensa ele. Enquanto tem aquele devaneio, Mônica gira a garrafa. Dessa vez, a garrafa para com o gargalo apontando para Mônica.

— Verdade ou desafio? — pergunta a menina.

— Verdade.

— Quem desta roda você levaria para uma ilha deserta? — dispara a menina, com os olhos ansiosos, mesmo sabendo que só havia os dois ali.

— Você, Mônica — responde ele sem pensar muito.

— Oh, que fofo!

Enquanto isso, na festa, Denise interrompe a música e pega o microfone para fazer o anúncio mais esperado da noite:

— Galeraaa! Atenção! Chegou a hora! Com vocês, ele... que agita as *nights* em Berlim! Ele... que curte todas as minhas fotos — nesta última parte, Denise baixa o tom de voz, como se contasse um segredo — ... DJ Esquiloooo!

Uma porta se abre no palco. Em meio ao efeito das luzes e do gelo seco, DJ Esquilo aparece com um casaco de moletom de capuz branco e óculos escuros que ficam fluorescentes sob o efeito das luzes, levando todo mundo à loucura.

— E aí, galera? *Bora* ferver! — provoca ele, enquanto aperta o único botão em sua *pickup*.

— Eeeehhhhhh! — grita a multidão.

No mesmo instante, a música começa. Cheia de efeitos eletrônicos, a música estilo *acid trance* parece fazer explodir as caixas de som. Cascão, Magali, Titi, Dudu, Cascuda e Marina se misturam à multidão que dança freneticamente, vibrando.

Enquanto para eles a noite não poderia estar melhor, para Cebola, não poderia estar pior. A cada vídeo que via no celular, ele ficava mais angustiado e ansioso para estar lá também. Tudo que queria era cair fora dali o quanto antes. Na rodada seguinte, o gargalo da garrafa para na direção da Mônica.

– Hummm... Minha vez. Acho que vou querer desafio. Ou verdade? Humm. Ai, que dúvida. – Enquanto Mônica se decide, Cebola vê uma foto de um minuto atrás de Magali e Cascão na festa, fazendo pose juntos com DJ Esquilo ao fundo, e afunda o rosto em uma almofada do sofá. – Tá, decidi! Dessa vez vou querer desaf--

– Verdade! – interrompe Cebola exaltado, chegando ao limite.

– Hein? Eu que tenho que escolher!

– Mas eu que quero falar a verdade. E a verdade é que esse luau tá muito chato! – desabafa ele.

– O quê?!

Cebola olha para Mônica, sofrendo.

– Sério. Desculpa. Eu não tô mais aguentando. Quero ir pra outra festa... Tá todo mundo lá, quer ver? Vamos comigo, Mônica, vai ser legal.

Cebola estende uma das mãos para a amiga, como se a convidasse, mas ela está magoada demais para aceitar o gesto e afasta a mão dele. A verdade é que para Mônica não importava que todas as outras pessoas não estivessem ali, desde que seu amigo estivesse com ela.

Era difícil aceitar que para ele não era assim. Enquanto para Mônica bastava a companhia dele, para Cebola o importante era a diversão. Mônica baixa os olhos tentando conter as lágrimas que surgem em seus olhos, respira e responde com firmeza:

– Não. Pode ir sozinho.

– Você promete que não vai ficar chateada? – pergunta ele, notando o desapontamento no rosto dela e estando ele mesmo um pouco decepcionado com o rumo que aquela noite que prometia ser tão divertida havia tomado.

– Ahã... – balbucia ela, desviando o olhar.

Embora aliviado, ele baixa a cabeça e, com uma tristeza no olhar, vai embora. Quando Cebola se vira de costas, Mônica não consegue mais conter a lágrima que insiste em cair. Sozinha, a menina respira fundo e a enxuga. Será que a noite ia terminar desse jeito?

Assim que sai da casa da Mônica, Cebola vai literalmente correndo para a festa na Mansão. Enfim, chegou a hora da verdadeira diversão. Não há mais tempo a perder. Agora, a adrenalina toma conta e ele deixa o sentimento de tristeza para trás. Assim que entra na festa, vai em direção a Cascão e Magali, que estão se acabando de dançar no meio da pista, ao som alucinante de DJ Esquilo. Geral está na pista. Cebola não contém a animação.

– Fala, galera! Demorei, mas cheguei! – exclama ele.

– Chega aí, Cebolones! – responde Cascão abraçando o amigo.

Enquanto eles dançam freneticamente na pista, a poucos metros de distância, alguém observa o céu através de um telescópio. Por enquanto, não há qualquer sinal da tão aguardada Superlua.

Em vez disso, o céu ainda se encontra encoberto por algumas nuvens, que teimam em ofuscar o brilho de uma lua tímida que aparece por trás do nevoeiro. Mal dá para vê-la. Sem sucesso, o observador baixa o telescópio e ajusta o foco para outro lugar: a Mansão 179, de onde vem a música alta da balada que atrapalha o outrora tranquilo silêncio da noite.

Mas há outro barulho que desvia a atenção do observador do céu: alguém está chorando em algum outro banco da praça. Ao ouvir os suspiros, ele deixa o telescópio de lado e segue na direção do som para ver quem está ali.

Depois que Cebola saiu, Mônica ficou considerando o que deveria fazer: vestir o pijama e ir para a cama assistir a um filme sozinha e chateada, ou sair e dar uma volta pelo bairro para espairecer. Embora seu corpo quisesse sucumbir ao sentimento de frustração que estava sentindo, ela preferiu vencer o baixo-astral e sair para uma caminhada. Se isso não a relaxasse um pouco, pelo menos faria bem à saúde.

Foi assim que saiu caminhando sem rumo até chegar à praça. Quando ouviu de longe a música da festa e lembrou que os amigos a tinham deixado sozinha para ir para lá, Cebola inclusive, Mônica não se conteve e começou a chorar. É então que o observador se aproxima do banquinho em que ela está sentada.

– Oi, Mônica. Tá tudo bem?

– Ah... Oi, **DC** – gagueja ela, sem graça, rapidamente enxugando as lágrimas –, mais ou menos... E você? Por que não está na festa como todo mundo?

– Você sabe, Mônica, não sou de fazer as coisas só porque todo mundo está fazendo.

– Entendi...

– Mas por que você está chorando, hein? Por que **você** também não está lá com eles?

Mônica hesita em responder, os olhos cheios d'água. Depois de refletir um pouco, ela questiona:

– Sabe quando você sente que seus amigos de infância não são mais tão seus amigos assim?

– Como assim? – pergunta **Do Contra**, sentando-se ao seu lado, para tentar entender o que ela está querendo dizer.

– Antes, a gente se divertia juntos, não precisava de mais ninguém. Agora, eles preferem ir aonde tá toda a galera... – responde ela, cabisbaixa, abraçando os joelhos e observando a Mansão ao longe.

DC dá uma risadinha.

– Até você? – pergunta Mônica, chateada.

– Foi mal, Mô. É que essas coisas acontecem mesmo. Você não lembra o que o *fessor* falou na aula?

– Que ele tava pensando em pintar o cabelo? – arrisca Mônica, que não tinha prestado atenção em quase nada da aula mais cedo.

– Não. Sobre a Lua. Ele falou bem assim: "O ciclo da Lua simboliza as fases da vida. Ele nos lembra como tudo se transforma. Nossos gostos, nossos desejos, nossos amigos...". Amigos são assim: às vezes, fazem coisas juntos; às vezes, não. E se a gente parar para pensar, isso é até legal. É bom que não enjoa – diz ele, tentando tranquilizá-la.

Mônica não costumava conversar muito com **Do Contra** na escola, ele parecia ser muito diferente dela. Aliás, dela e de toda a galera. Nesse momento, porém, ao ver a forma como ele enxerga a vida, ela fica feliz de ter sido **DC** a encontrá-la daquela maneira e ter lhe mostrado outro modo de enxergar a situação. Isso a faz esboçar um sorriso.

De repente, o alarme do seu celular apita. Ela pega o aparelho do bolso para ver o que é.

– Onze horas. É o ápice da Superlua! – Os dois olham para o céu, procurando a Lua. Mas parecia que ela tinha sumido de vez. Embora o céu estivesse bastante estrelado, a verdadeira "estrela daquela noite" tinha desaparecido. – Ué. Cadê ela? – pergunta Mônica espantada.

Do Contra tem um estalo.

– Eu sei um lugar que dá pra ver bem. Vem comigo! – diz ele, puxando Mônica pela mão.

Os dois, então, saem juntos em direção ao tal lugar.

Já na Mansão, as pessoas não param de dançar. Ninguém tinha se dado conta de que estava na hora de ver a Superlua que todos aguardavam. Desta vez, é o próprio DJ Esquilo que interrompe a batida para anunciar pelo microfone:

– Chegou a hora da Superlua, galera. Logo, logo a gente volta.

– Mas já? – pergunta alguém na pista.

A dança dá lugar à correria do pessoal para conseguir um lugar na sacada. Magali, Cebola, Cascão, Cascuda, Marina, Xaveco, Jeremias, Denise, Carmem e todos os outros convidados se espremem para conseguir ver o fenômeno tão aguardado.

– Que linda... – diz Denise, suspirando, fascinada.

Cada um à sua maneira, todos ficam em silêncio admirando a Lua. Depois da agitação da pista, aquele momento de contemplação se torna o verdadeiro espetáculo. Mas, espera aí... Tem alguma coisa errada com a Lua... ela não parece tão bonita assim.

— Vocês não tão achando a Lua meio torta? — questiona Cascão, um pouco confuso.

Torta e mais branca do que o normal, a "lua" vem se aproximando deles cada vez mais. Até parecer que vai se chocar com todos na sacada. O medo se espalha entre eles.

— Ah! Eu vou morreeeer! — exclama Denise, que vai da serenidade ao desespero em segundos.

— Correeeee! — grita Cebola.

Em pânico, todos começam a correr apavorados de um lado para o outro, se atropelando, mas sem conseguirem sair do lugar por causa do alvoroço.

— Eu sou bonita demais pra morrer — exclama Carmem, em choque.

Cascuda apura o olhar e percebe algo diferente na tal "lua". Ela se estica, estende o braço para fora da sacada e puxa para baixo uma cordinha que está pendurada nela.

— Calma! Gente, é só um balão meteorológico!
— Ufa!

Um alívio percorre todos os convidados.

— Ué. Então, cadê a Lua **de verdade**? — dispara Magali, sem entender.

— Vejam, a Lua está atrás daquele prédio! — diz Carmem, apontando para o edifício no horizonte à frente deles.

Na mesma hora, todos saem em disparada para ver a Superlua. Quando se aproximam o suficiente, veem um morrinho de onde a vista aparenta ser melhor. Animados, eles sobem a ladeira até lá e se posicionam bem de frente para o fenômeno.

Todos olham juntos para o céu. A Lua agora brilha em todo o seu esplendor. De fato, é um espetáculo impressionante. Encantados, Cebola e os outros admiram toda aquela beleza.

— Uau.

— Não é que é linda mesmo? — comenta Magali, chupando uma balinha para adoçar ainda mais aquele momento.

É Marina quem interrompe os "ah" e "oh" da galera e conta uma curiosidade.

— Vocês sabiam que dá pra ver desenhos na Lua? A maioria das pessoas enxerga um coelho.

— É mesmo! Tô vendo o coelho! — afirma Cascuda, impressionada.

— Mas dá pra ver outras coisas também. Uma flor, uma alface... Ou qualquer coisa que tenha um significado pra quem vê.

As palavras de Marina ecoam nos ouvidos e no coração de Cebola. Quando ele fita a Lua novamente, enxerga um rosto bastante conhecido. Com um olhar perdido, Mônica aparece na face da Lua, da forma como ele a tinha deixado. O garoto se entristece. Magali parece ter lido os pensamentos do amigo.

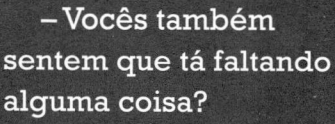

– Vocês também sentem que tá faltando alguma coisa?

– É... Largamos a Mônica lá sozinha – admite Cascão.

– Sozinha? – questiona Xaveco, se intrometendo na conversa. – Acho que não.

– Do que você está falando, Xaveco? – pergunta Magali, desconcertada.

– Olha ela ali, ó – responde ele, apontando para um ponto um pouco mais à esquerda deles.

Quando Magali, Cascão e Cebola olham, Mônica está olhando num telescópio em companhia de ninguém mais, ninguém menos que **Do Contra**, os dois em silêncio também vendo o espetáculo.

Sem perceber a presença dos amigos a poucos metros de distância, Mônica desperta do transe provocado pela beleza do fenômeno e se despede de **Do Contra**.

– Bom, eu já vou indo, **DC** – diz ela, com um ar bem mais tranquilo. – Obrigada por tudo.

— Relaxa, *tamo* junto — responde ele, abrindo um enorme sorriso.

Mônica se levanta devolvendo o sorriso e começa a caminhar para ir embora. Ao ver a amiga saindo, Cebola, Magali e Cascão vão ao encontro dela, arrependidos por a terem deixado sozinha.

— Ah. Oi, gente — cumprimenta Mônica quando se depara com os três à sua frente.

— Oi, Mô — responde Cebola, cabisbaixo. — Então... Será que ainda dá tempo de a gente curtir a Lua em sua companhia?

— Curtir a Lua?... — questiona ela, com um ar meio desconfiado.

— É, Mô. Desculpa por a gente ter saído daquele jeito — pede Magali.

— A gente quer muito voltar pro seu luau! — completa Cascão.

Mônica fica pensativa... A noite tinha sido surpreendentemente divertida, apesar da ausência de seus melhores amigos. Ela tinha sido surpreendida pela agradável companhia de **DC**, tinha visto a Superlua de um lugar privilegiado... Mas estar com Magali, Cascão e Cebola ainda era o que mais queria. Depois de ponderar um pouco, ela sorri para os três e faz uma contraproposta.

— Tá bom. Vamos curtir a Lua juntos. Mas só se for de um jeito!

Nova, crescente, cheia e minguante. Assim como a lua, a amizade também tem suas fases. Algumas mais brilhantes, outras mais apagadinhas. Mas sabe de uma coisa? Todas elas são bonitas..., pensa ela, enquanto abraça os três e volta com eles para a festa na Mansão.

Agora, a noite de fato não tinha mais hora para acabar. Com Mônica, a alegria de Magali, Cebola e Cascão está completa. E, a julgar pela animação com que ela está dançando ao lado deles, Mônica está se divertindo muito também.

No fim das contas, **DC** tinha razão: não estar ao lado dos amigos o tempo todo faz com que os momentos juntos se tornem ainda mais especiais. Agora, nas fotos, nos vídeos, na pista e nos abraços, não falta mais ninguém.

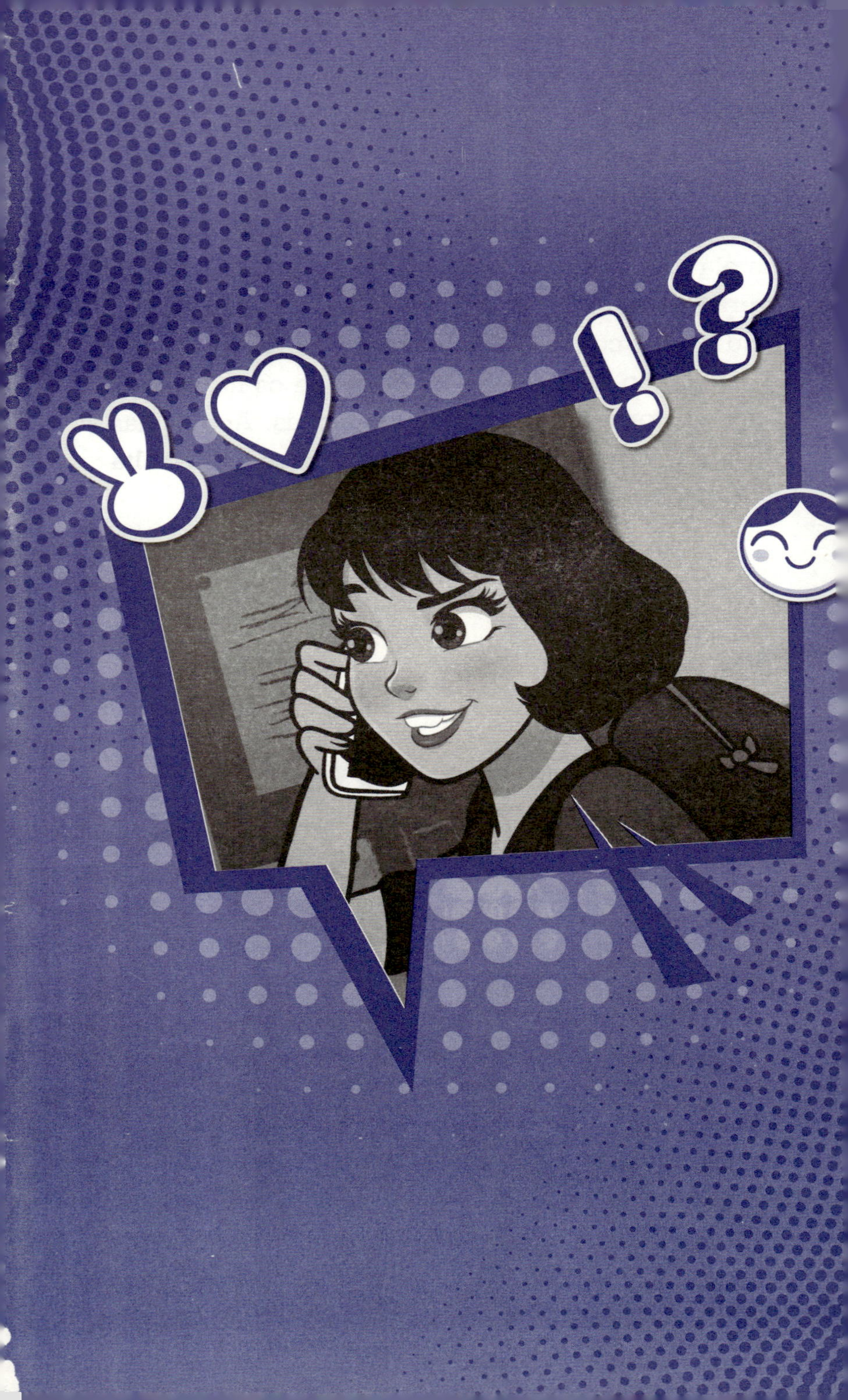

O caso do Rei dos Trolls

Depois da festa épica, tudo volta ao normal. Aliás, nas últimas semanas, tudo anda **normal demais** na Escola Limoeiro. Nenhum evento, nenhuma novidade, nada acontecendo. No grupo da escola, o papo se resume a: "E aí, galera? Qual é a boa do fim de semana?". "Nenhuma, tenho que estudar"; "eu também não vou fazer nada", "nem eu". A turma anda mergulhada num verdadeiro marasmo. Até que...

Segunda-feira é o dia oficial da correria. Pelo menos, para Mônica. Depois de relaxar no fim de semana, ela sempre acaba se atrasando para a escola no dia seguinte. Embora hoje tenha se levantado no horário, foi só se distrair um pouco no celular que perdeu a hora e saiu mega-atrasada de casa. Agora, falta pouco para tocar o sinal. Se não chegar a tempo, vai perder a primeira aula.

"Ai, ai, ai, se eu perder essa aula, vou ter que pegar a matéria com alguém depois. Será que a Magali, o Cascão e o Cebola já estão lá?", pergunta-se enquanto anda em passos apressados. Como se lesse seus pensamentos, Cebola liga para Mônica. Quando ela atende, ofegante, percebe que ele está com a voz um tanto rouca.

– Alô, Mô, tudo bem?

– Comigo, sim, mas e você? O que houve com a sua voz?

– É que eu tô "gripadaço"! Será que você pode copiar a matéria que vai cair na prova de amanhã pra mim? O professor tinha ficado de fazer um resumão hoje...

Sem tempo a perder, ela continua falando com Cebola, enquanto atravessa correndo o portão da escola, a essa hora já fechada, e sobe as escadas aos saltos para conseguir entrar na sala antes de o professor fechar a porta.

– Relaxa, Cebola! A gente passa a matéria depois! Melhoras aí! – responde ela, sem se aprofundar muito no assunto.

Do corredor, já dava para ouvir as risadas. Pelo visto, o professor **também** tinha se atrasado e a galera estava fazendo uma algazarra daquelas. *Quanta animação para uma segunda-feira de manhã*, pensa Mônica. Despreocupada, ela abre a porta da sala de aula sorrindo.

– Oi, gente! – O pessoal está se esborrachando de rir, cada um olhando para seus celulares. Sem entender, ela pergunta: – O que tá rolando? Do que vocês estão rindo?

– Há, há, há... Ai, amiga! Não apareceu no seu *feed* ainda? É que atualizaram o perfil do Castelo do Troll. Dá uma olhada lá – responde Magali, às gargalhadas, estendendo o próprio celular para a amiga conferir.

– Castelo do Troll? Tô por fora... – diz Mônica, enquanto se aproxima para ver o celular de Magali.

Na tela, ela vê uma foto do Xaveco dormindo abraçado com um ursinho velho e todo encardido. Na legenda, está escrito: "Xaveco e Bimbinho: amigos para sempre!".

Quando Magali abaixa o celular, Mônica enxerga Xaveco no fundo da sala. De fato, ele é o único que não está dando nenhuma gargalhada. Pelo contrário, está petrificado na carteira, o semblante fechado, como se tentasse ficar imune às risadas dos colegas. De repente, ele explode num grito:

– Aaahhhh, que porcaria! Falei pra minha mãe parar de mandar essa foto pra desconhecidos!

Tarde demais... A foto tinha chegado às mãos erradas e agora Xaveco é motivo de zoação da turma inteira.

— Gente! Mas é um perfil de fofoca! Quem será que tá fazendo isso? – questiona Mônica, indignada.

— Sei lá – responde Denise. – Só sei que os *posts* estão um bafo só! Bom pra dar uma movimentada nessa escola parada – completa ela.

Mal ela acaba de falar, o perfil do fofoqueiro misterioso da Escola Limoeiro sofre mais uma atualização e as notificações começam a chegar aos celulares da galera. Pelo visto, ninguém quer ser trolado, mas todos querem saber quem será a bola da vez.

Denise olha a tela e arregala os olhos.

— O quê?!

Mônica e Magali olham a nova postagem no celular. É uma foto de Denise deitada de biquíni, tirando uma *selfie* como se estivesse na praia, quando na verdade está apenas no quintal de casa. No detalhe, dá para ver uma torneira brilhando ao lado da suposta pequena "faixa de areia" debaixo dela. Magali lê a legenda em voz alta:

— "Férias da Denise: praia ou quintal?"

— Oh, não... Nããão! – grita Denise, entrando em desespero quando uma nova onda de risadas invade a sala, desta vez todas voltadas para ela. Descontrolada, a menina começa a correr de um lado para o outro agitando os braços e tentando tomar os celulares das pessoas, que se desviam rindo. A reação exagerada dela aumenta ainda mais a zoação. – Querem parar já de ver isso?!

Mônica e Magali ficam estarrecidas com a revelação bombástica.

– Puxa. E eu que sempre achei que ela viajava de férias para os lugares mais irados... – comenta Magali, desiludida com a notícia.

– Magali! Para de seguir esse perfil. Vai que acontece com você.

– Imagina. Eu não tenho nada a esconder! – exclama ela, tranquila.

Será? Mais tarde, Mônica e Magali estão sentadas na arquibancada da quadra da escola esperando a aula de Educação Física começar. Enquanto a aula anterior não termina, Magali mexe despreocupadamente no celular. Até que... o dono do perfil misterioso resolve fazer uma nova "revelação".

– **NÃÃÃÃOOOOO!** – grita ela, descontrolada.

Todos os alunos que estão na quadra se voltam assustados para a menina.

Em choque, Magali estende o celular para Mônica, que lê a legenda da foto recém-publicada no tal perfil Castelo do Troll:

– "Abre o olho, Quim: Magali *stalkeia* outro *boy* no PC da biblioteca!"

A foto mostra Magali sentada de costas diante de um computador vendo a imagem de um garoto loiro, de olhos azuis, segurando uma prancha de surfe na praia. Antes que Mônica dissesse qualquer coisa, Magali se explica:

– Eu tava só olhando as fotos do Fabinho, agora que ele se mudou de volta pra cá!

Mônica dá um risinho.

– Ah, aquele que era o *crush* de todas as meninas do Limoeiro? – pergunta Mônica, dando um *zoom* na foto do *boy*. – Eu não fazia ideia de que ele tinha voltado a morar aqui, muito menos que você curtia esse tipo de cara...

– Eu não curto! Eu só queria ver como ele tá hoje em dia – rebate ela, constrangida.

– Iiihh, não é o que a galera tá falando – diz ela, fazendo cara de preocupada à medida que vai lendo os comentários da foto.

– O quê!? O que estão dizendo?

Ao ver o desespero da amiga, Mônica resolve encerrar o assunto.

– Não! Toma aqui o celular, eu não vou entrar nessa onda! – diz ela.

Decidida a não fazer parte daquela fofoca toda, muito menos ficar acompanhando a repercussão daquele tipo de postagem, Mônica estende o celular de volta para Magali, que, ao tentar pegá-lo, segura de mau jeito, e deixando o aparelho rola arquibancada abaixo.

– Meu celular! – exclama Magali, descendo às pressas para recuperá-lo.

– Que tremendo absurdo! Tiraram essa foto sem sua permissão.

Sem se dar muita importância ao telefone caído no chão (ainda bem que Magali punha capa no aparelho, ufa!), Mônica se concentra na real gravidade do que estava acontecendo. Como assim alguém se achava no direito de ficar julgando os outros e prejudicando a imagem das pessoas perante os amigos?

Além disso, aquelas fotos não tinham sequer autorização para serem publicadas e estavam causando um enorme constrangimento a todos que tinham sua vida real exposta na internet. "Alguma coisa precisa ser feita. E rápido!"

Assim que Magali recupera o aparelho, este começa a vibrar. A menina não podia ficar mais aflita ao ver de quem era a ligação.

— É o Quim! Ai, meu santo pão de queijo *light*, o que eu faço agora?!

— Nada! Você não tem culpa. Não precisa se explicar... – diz Mônica, cruzando os braços e tentando tranquilizar a amiga, sem sucesso.

— Quim, meu benzinho! Escuta! Eu preciso explicar. Aquela foto... – começa a conversar Magali com o namorado, enquanto anda e gesticula de um lado para o outro.

Depois da Educação Física, Mônica volta para a sala e encontra todo mundo mergulhado no mais profundo silêncio, agindo feito robôs sentados em postura ereta e afundados em seus próprios pensamentos. Parecia até que todos estavam fazendo prova. Não era o caso, mas sim que alguma coisa estava muito errada.

– O que tá acontecendo aqui? – pergunta ela, como se falasse ao vento.

É Denise que responde num sussurro, cheia de cuidado com as palavras:

– Tá todo mundo com medo de dar motivos pro Rei dos Trolls falar da gente de novo. – Sentada na carteira ao lado, Denise nem parecia a menina escandalosa de sempre. Estava extremamente comportada e agia de forma mecânica, como uma boneca enfeitiçada, o que deixava Mônica muito assustada. – Quer dizer... Nem todo mundo, né?! – completa ela voltando-se para o fundo da sala.

Mônica perscruta todos em volta, até que nota a quem Denise se refere. De fato, o único que está agindo naturalmente é o **Do Contra**, que está totalmente relaxado, ouvindo música com fone de ouvido e batendo os dedos na carteira.

– Quer dizer, então, que a galera toda já foi vítima do Troll? – pergunta Mônica.

– Praticamente – responde Denise. – Deixa eu lembrar... Bem, primeiro foi o Cascão com uma foto dele passando álcool gel no sovaco. Depois, foi o Quim que foi flagrado fazendo um bolo pronto de caixinha. E por aí vai. Toma cuidado, que você pode ser a próxima.

– Isso tem que parar! – exclama Mônica, indignada.

Na hora da saída, Mônica pega o celular e resolve começar uma investigação. Não é possível que o Rei dos Trolls seja alguém estranho; tem de ser no mínimo alguém de dentro da escola para conhecer tantos detalhes sobre cada um dos alunos. E se for alguém conhecido, ela vai descobrir quem.

Então, Mônica abre a rede social e começa a verificar uma a uma as fotos dos seus amigos. Em seguida, passa a analisar o perfil de cada integrante da turma, como se fosse uma detetive, só que sem o disfarce. O bom é que, pesquisando pelo celular, ninguém fica sabendo. Quanto menos gente envolvida na investigação, melhor. Assim que encontrasse um suspeito, ela iria diretamente interrogá-lo. Ou interrogá-**la**, por que não? Fosse quem fosse, suas *trollagens* estavam contadas!

– Tá na cara que o Rei dos Trolls é alguém da turma. Mas... quem? – Depois de rolar um pouco a tela, surge a foto da Carmem, toda maquiada mandando um beijinho. – É claro! Fofoqueira do jeito que é... É a cara dela fazer isso!

Pronto, Mônica tem uma primeira suspeita. Ela guarda o celular no bolso e sai como bicho à caça da menina. Quando a avista de longe, sentada sozinha na lanchonete do outro lado da rua da escola, Mônica não hesita e vai até lá tomar satisfação.

– Admita, Carmem, que você é o rei, ou melhor, a Rainha dos Trolls, anda logo! – esbraveja a menina.

– Quem me dera ser o Rei dos Trolls, Mônica. Porque eu nunca ia revelar isso sobre mim mesma –

diz ela aos prantos, estendendo o celular em direção à colega.

Alguém a havia fotografado dando um close na etiqueta de sua blusa "Xanéu" falsificada deixada acidentalmente para fora da jaqueta.

– Mas quanta besteira. Só porque você usou uma grife falsificada?

– Foi um momento de fraqueza, pra compor um *look*, ninguém ia perceber. Buáááá! – justifica-se ela, abalada. Afinal, sua reputação de menina rica tinha ido por água abaixo, com suas lágrimas.

Sem querer conversar mais sobre o assunto, Carmem levanta-se e vai embora arrasada, deixando Mônica ainda mais intrigada. *Bem, se não é a Carmem, quem pode ser?* Depois de voltar à estaca zero, a mais nova detetive do Limoeiro retoma as pesquisas em sua rede social.

– Hum, este aqui não. Este também não. Este... *Pera*, mesmo que ele já tenha sido *trollado*, pode ter feito isso pra se livrar de qualquer suspeita. Eu vou lá! – diz ela, encaminhando-se até a pracinha, onde sabia que o amigo costumava ficar.

Mônica cutuca Xaveco por trás. Pela cara de brava dela, ele sabe que não é coisa boa. Ela dá a volta até a frente do banquinho onde o garoto está sentado e, de braços cruzados, o acusa de ser o autor das postagens.

– Eu? Mas, Mônica, você não viu o que publicaram sobre mim?

– Você bem que deve ter curtido. Afinal, vive reclamando que ninguém repara em você!

– Mas eu nunca exporia o Bimbinho daquele jeito! Ele é tímido – confidencia ele.

– Tímido? O Bimbinho é um urso de pelúcia! E horroroso, por sinal.

– Não fala isso dele! Quero ver você dizer isso na cara dele! – exige Xaveco, tirando o ursinho de dentro da mochila e estendendo-o na frente dela.

O tal Bimbinho estava mais encardido que blusa branca de uniforme velho de Educação Física. Os olhos de plástico arranhados fitavam Mônica, até que um deles descosturou e ficou pendurado no ar pela linha bem na sua frente.

– Argh, Xaveco, guarda isso – diz ela, meio enojada. Enquanto sai andando, tem um estalo e fala consigo mesma. – Se não é a Carmem nem o Xaveco, então o Rei dos Trolls só pode ser uma pessoa.

Com um novo suspeito em mente, Mônica guarda o celular e sai em busca do provável culpado. Ela anda pelas ruas do bairro do Limoeiro até encontrá-lo. Não demorou muito para que o visse de longe, mexendo no celular tranquilo, encostado no beco da rua de trás de sua casa.

Mônica tem certeza de que desta vez pegou o verdadeiro responsável por causar toda aquela confusão na escola. Sem pensar duas vezes, a menina agarra **Do Contra** pela gola da jaqueta e o empurra contra a parede, encurralando-o.

– **DC!** – Peguei você! Pode confessar que você é o Rei dos Trolls.

– Eu? De onde você tirou isso?

– Você é o único que não tá se preocupando. Sabe que nunca vai ser *trollado*!

– Você está por fora, Mô. Eu **já** fui *trollado*. Quer ver? Vou mostrar. – **DC** tira seu celular do bolso e entra no perfil do Rei dos Trolls. Em seguida, vai descendo a tela até encontrar o *post* com seu nome. – *Peraí... Peraí...* – Mônica já está impaciente, quando ele finalmente acha a postagem. – Tá aqui, ó, vou ler pra você: "**Do Contra** cria perfil *fake* para concordar com os comentários na internet".

Mônica olha incrédula para a tela do celular do amigo e só se convence quando vê a foto dele de costas olhando para a tela de um computador na escola que exibe um perfil *fake* dele disfarçado.

– "Concordílson"? É isso mesmo? Quanta criatividade! – exclama ela em tom sarcástico. – Mas, *peraí...* Como eu não fiquei sabendo disso?

— Você não soube porque eu não dei a mínima. Quanto menos a pessoa se importa, menos a fofoca pega. Agora, será que você pode me soltar?

— Ah, claro. Desculpe... Então, eu realmente não sei quem está por trás disso — diz Mônica, entre confusa e frustrada.

— Seja quem for, uma hora ele cansa, Mônica. Desencana — diz **Do Contra**, que instintivamente dá um abraço na amiga para consolá-la.

Nessa hora, um celular desconhecido faz uma foto dos dois. Eles não tinham notado, mas logo atrás deles, na entrada no beco, alguém os espionava atento para ver o que ia acontecer.

O verdadeiro Rei dos Trolls não perde uma oportunidade, e no momento exato do abraço consegue o que queria: um motivo para fazer mais uma vítima. Sem nem desconfiar do que a aguardava, Mônica se despede de **DC** e vai embora para casa. *Por hoje, é só*, pensa ela. *Amanhã, continuo minhas investigações.* Ou não, né?

No dia seguinte, Mônica chega à escola. Os alunos conversam na entrada como em um dia normal — nem sinal de um novo "escândalo". Assim que sobe as escadas para ir para a sala de aula, a menina avista Cebola vindo em sua direção no corredor ainda vazio. Sorridente, ela cumprimenta o amigo:

— Cê! Que bom que você sarou da gripe! Eu copiei a matéria toda pra você.

— Valeu, Mônica — responde Cebola, meio cabisbaixo, sem nem sequer parar para falar com ela.

– Ué? O que deu nele? – resmunga ela, intrigada.

Antes que pudesse se recuperar do gelo que acabara de receber, Mônica é surpreendida ao ver o corredor sendo invadido por uma manada de gente que não tira os olhos dela. Ao que parece, ela tinha acabado de virar o centro das atenções. Isso porque a galera começa a fazer um monte de comentários olhando diretamente na sua direção. Cochichos, risinhos, olhares maliciosos. Isso sem contar alguns que estavam pegando o celular, como se mostrassem alguma coisa a seu respeito ao colega do lado.

Alguma coisa estava muito errada. Se fosse na época de criança, ela ia lá tirar satisfação, mas agora prefere deixar para lá. Então, finge que nada está acontecendo e vira o corredor para continuar andando, quando uma mão surge do nada e a puxa para um canto mais escondido. Magali está com os olhos arregalados.

– Amiga... Você está bem? Como você está lidando com o escândalo?

– Ai, caramba! Que escândalo? O que esse *troll* aprontou desta vez?

– Se você ainda não viu, então é melhor nem saber – diz ela, baixando o celular devagar.

– Nada disso, me mostra logo – ordena ela, arrancando o celular das mãos de Magali. – **O quê?!** "Mônica chega chegando no **Do Contra**"?!

Perplexa, Mônica não acredita quando lê a legenda mentirosa para a foto tirada totalmente fora de contexto. Aquilo não era uma revelação, era uma grande invenção!

– Aí, sim, hein, Mônica? – comenta Denise, ao passar por trás dela no corredor.

– O **DC** é gatinho mesmo! – exclama Carmem, ao lado da outra.

– Que absurdo! Isso não tem nada a ver. Eu estava só querendo...

Antes que Mônica tentasse se justificar para as duas, Magali puxa rapidamente a amiga pelo braço para longe delas.

– Não adianta, Mô! Quanto mais você tentar explicar, pior vai ficar. Vai por mim, *miga* – sussurra Magali, para que as duas não ouvissem.

– Mas isso é uma mentira! Agora, esse safado tá começando a inventar sobre a gente!

A cabeça de Mônica já estava fervendo quando uma voz conhecida chamou o seu nome:

– Mônica! Mônica, ei, Mô!

Ela olhou para trás e **Do Contra** acenou para que ela fosse falar com ele.

– Vamos sair daqui pra gente conversar melhor. Já vimos que paredes e muros têm olhos e ouvidos.

Meio perdida, Mônica concorda e segue ao lado dele até o pátio. Do lado de fora, **DC** tenta amenizar toda a situação.

– Não fica encanada com isso, não, Mô. Deixa pra lá. Além do mais, o que disseram nem é tão ruim...

– Mas, **DC**, eu não posso deixar esse *troll* mentir e expor nossa vida desse jeito! A gente tem que fazer alguma coisa!

– Se você faz tanta questão, tô dentro. Vou ajudar a descobrir quem é esse cara. O que quer que eu faça?

Mônica fica pensativa. *A galera tá viajando. ...Agora, essa do DC dizendo que isso nem é tão ruim. Não é ruim, é péssimo. Peraí, agora sei por que o Cebola mal falou comigo na entrada. Não, mas também não faz sentido, porque ele não me dá a menor bola...*

Mas o barulho de seus pensamentos é abafado pelo cochicho de um novo grupinho de alunos atrás deles. A verdade é que a galera gostava de uma fofoca. Quando se tratava de um possível novo relacionamento, então...

Mônica e **DC** tentam ignorar os olhares e as risadinhas em torno deles. Mônica se concentra e tem um estalo.

— Hummmm. Se é escândalo que eles querem... – diz ela, misteriosa.

O plano parecia perfeito na sua cabeça. Só faltava executar. Não era como um dos planos infalíveis que o Cebola fazia para pegar o Sansão dela quando criança – e que nunca davam certo –, mas sim, um... Bem, um plano para pegar aquele Rei dos Trolls que já havia passado de todos os limites. Mônica só se esqueceu de compartilhar os detalhes com quem estava diretamente envolvido nele.

Mônica e **Do Contra** se despedem e combinam de se encontrar mais tarde em frente ao campo esportivo da pracinha. Quando a menina chega ao local combinado, encontra o amigo distraído ouvindo música em seu fone de ouvido. Ansiosa para colocar seu plano em prática, ela se senta ao lado dele no banquinho e sussurra:

— Vai, começa!

— Começar o quê? – pergunta ele, tirando um dos fones do ouvido.

Vendo que **Do Contra** está em outra *vibe*, Mônica decide ela mesma iniciar o tal escândalo.

— **O quê?!** Então é isso que eu sou pra você? Alguém que você vai usar e jogar fora? – grita a menina, já em pé, gesticulando num tom enfurecido contra ele.

— Que é isso, Mônica? Eu não disse nada disso – responde **Do Contra** assustado, sem fazer a menor ideia do que a amiga está falando.

— Não disse, mas insinuou. Pensa que eu sou boba? – questiona ela, com as mãos na cintura.

– Ah, melhor eu ir embora. Achei que a gente ia atrair o Rei dos Trolls... – diz ele se levantando para sair logo dali.

Por mais que **Do Contra** gostasse da amiga, não entendia por que ela tinha aqueles rompantes de vez em quando. Apesar dos boatos, eles estavam super de boa mais cedo, e ultimamente vinham se dando muito bem. Então, por que será que Mônica estava dando aquele **piti** todo?

Mônica o segura pelo braço e os dois se sentam no banco outra vez:

– Vai, **DC**, briga comigo! O Rei dos Trolls adora barraco – explica Mônica entre os dentes, ao perceber que **Do Contra** não está entendendo o que ela está tentando fazer.

Do Contra arregala os olhos e finalmente cai em si. Mônica dá as costas para ele numa encenação e cruza os braços.

– É isso mesmo. Você não significa nada para mim – esbraveja ele, entrando no clima.

Chega o momento da cartada final. *Ai, se o Rei dos Trolls não aparecer agora, esse teatro vai todo por água abaixo*, pensa Mônica.

– Então, toma aqui esta porcaria.

É quando ela tira um anel desses de compromisso do bolso e arremessa em direção ao amigo. O que Mônica não contava era que o anel ia bater de verdade e com força em **Do Contra**, acertando bem o olho esquerdo dele.

– Aaai! – grita ele tapando o olho machucado.

– Nossa, **DC**! Desculpa! – diz ela, aproximando-se.

– Você quase me cegou.

– Shhhhiu! *Peraí*, tá ouvindo isso? – pergunta ela, virando-se para trás ao ouvir um barulho de folhagem vindo de cima da árvore, um pouco mais atrás deles.

Os dois ficam em silêncio. De repente, Mônica vê quando alguém pula lá de cima e sai correndo depois de guardar o celular.

– Ali, o *troll*! – exclama Mônica, partindo rápido em sua direção.

Ao ver a aproximação dela, o sujeito sai de trás da árvore e começa a fugir. Tem início uma perseguição ferrenha atrás do cara. Usando boné e óculos escuros, nem Mônica nem **DC** conseguem ver o rosto dele. Incansável, a menina não desiste e sai correndo pelas ruas do bairro ao seu encalço. Já **Do Contra** segue os dois num ritmo mais lento.

Quando dobra a esquina da lanchonete perto da escola, Mônica toma impulso e se joga para cima dele na tentativa de derrubá-lo ao chão, mas o máximo que consegue é arrancar um pedaço da tornozeleira de barbante colorida que o safado estava usando. Enquanto ela está estirada no chão, ele escapa deixando esse único vestígio para trás.

Do Contra vê a cena e corre para ajudá-la, ainda com o olho inchado.

– Foi por pouco que nosso plano não deu certo – lamenta ele, enquanto estende a mão para ajudá-la a se levantar.

Mônica olha o que tem nas mãos: se não havia conseguido pegar o suspeito, ao menos aquele pedaço de fio lhe dava uma pista.

– O que é isto? – pergunta **Do Contra**.

– É uma tornozeleira, ou melhor, um pedaço dela. Mas já é o suficiente.

– Como assim? – pergunta ele, sem entender.

Ela dá um sorrisinho.

– Só tem um tipo de pessoa que usa isso. Vem comigo, que eu vou mostrar.

Os dois avançam pelas ruas do bairro. Mônica está determinada: aquela caçada ia acabar, e ia ser hoje. **Do Contra** já está meio cheio de andar quando os dois param em frente a uma casa toda reformada e recém-alugada.

– É aqui!

Mônica toca a campainha, impaciente. **Do Contra** aguarda ao seu lado.

– Mas essa não é a casa do... Fabinho? Tem certeza?

– Ele é o único surfista do bairro. Eu aposto que o quarto dele está cheio de fotos de *trollagens* do pessoal! – diz ela, convicta.

Fabinho abre a porta e, apesar da campainha ter tocado três vezes em menos de um minuto, aparece sorrindo. Embora tivesse ficado bastante tempo morando em outro lugar, dava para ver que ele não havia mudado quase nada. O mesmo sorriso encantador, os cabelos ainda loiros num liso meio desgrenhado que lhe caía muito bem em volta do rosto, os olhos tão claros que pareciam refletir o céu.

Mas Mônica não estava ligando para nada disso. Se ele fosse mesmo o Rei dos Trolls, a beleza exterior perderia todo o encanto diante da coisa horrível que estava fazendo com os amigos.

Com um ar de tranquilidade, o menino cumprimenta os dois segurando uma rosquinha – o que, aliás, não é nada *fitness* para um surfista, observa a menina intrigada.

– Mônica! **Do Contra**! Que surpresa! E aí? Tudo certinho? Legal ver vocês. A gente nem teve tempo de se falar na escola, né?

Mônica olha para **Do Contra**, que engole em seco quando depara com a recepção supersimpática do rapaz. Fabinho o cumprimenta com um aperto de mão. Um tanto impaciente, Mônica entra no meio dos dois fazendo um *hang loose* e vai direto ao ponto deixando toda cordialidade de lado.

– Corta essa, seu maroleiro. A gente já sabe que você é o Rei dos Trolhas, sacou?

Sem pensar duas vezes, a menina passa por Fabinho e vai entrando na casa dele, deixando os dois na porta boquiabertos.

— Ei! Aonde você vai? — pergunta o anfitrião, meio aflito. **Do Contra**, por sua vez, não sabe onde enfiar a cara. Sem muita opção, os dois entram na casa do menino e seguem atrás dela.

Quando a alcançam, Mônica já está dentro do quarto. Ela nem ligou que a porta do quarto estivesse fechada, abriu-a com um megachute e entrou com tudo para ver o que havia lá dentro.

— Ahá!

Mônica tem certeza de que encontrará alguma prova do crime ali. Qual é sua surpresa quando ela depara com o quarto de Fabinho bem-decorado, com quadros temáticos pendurados de surfe, mar e praia na parede, uma escrivaninha para estudo com um *notebook* desligado no canto, a prancha dele em pé no outro, a persiana aberta até a metade, permitindo a luz do sol, o *skate* e a cama de solteiro posicionada no meio do quarto.

A única coisa fora do lugar é um amontoado de roupas jogado em cima da cama. Fora isso, nem sinal de que ele tenha alguma coisa a ver com as *trollagens*. Ainda assim, ela tem um *feeling* de que o garoto está escondendo alguma coisa. E, seja o que for, vai descobrir o que é.

Num ímpeto, Mônica começa a vasculhar as roupas dele. Quem sabe, não reconhece a roupa que o Rei dos Trolls estava usando na perseguição mais cedo? Mas nada, nem sinal. Ao ver a menina revirando algumas peças, Fabinho provoca:

— Qual é, Mônica? Virou minha mãe agora, pra fiscalizar minha bagunça? Eu acabei de me mudar.

Não deu nem tempo de arrumar o quarto todo ainda – completa ele.

– Mas... Você estava tirando fotos na rua! A gente viu! – responde ela, já não muito certa daquilo.

Fabinho suspira e se senta na cama abrindo um largo sorriso.

– Ai, Mônica. Olha pra mim. Vê se eu tenho cara de *troll* – disse ele, olhando-a no fundo dos olhos.

Mônica encara firme Fabinho. O charme do garoto é inegável.

– Se não é você, então quem mais pode ser?

— Se é essa a sua dúvida, você procurou pela pessoa certa, porque eu já descobri quem é esse tal de Rei dos Trolls.

— Quem? — perguntam Mônica e **DC** em uníssono.

— O Cebola — responde ele na lata.

Mônica fica indignada.

— O quê? Tá maluco, moleque? Não é o Cebola!

— Eu não teria tanta certeza.

— Nem eu — completa **Do Contra**. Como por instinto, Mônica dá uma cotovelada em **DC**. Afinal, de que lado ele está? O garoto se esquiva de dor. — Ai!

— Ele foi a única pessoa da turma que ainda não foi *trollada* — argumenta Fabinho, com um olhar um tanto enigmático.

— É. Isso foi estranho mesmo. Fora que mal apareceu nas aulas nesta semana — completa **Do Contra**.

— Ele estava doente e quase não foi pra escola, por isso não saiu *post* sobre ele.

— Isso é o que ele diz — replica Fabinho, tirando o celular do bolso e mostrando uma foto do Cebola de óculos escuros e chapéu, andando na rua de cabeça baixa como se estivesse disfarçado. — Vejam esta foto aqui; é de ontem.

Os dois arregalam os olhos ao verem Cebola naquela situação no mínimo suspeita.

— Ele não tá parecendo doente — diz **Do Contra**.

— O Cebola? Ele fez isso? Como pôde? — pergunta Mônica, arrasada.

— Às vezes, a gente fecha os olhos pras pessoas que gosta. Não acreditamos que elas possam ser ruins, mas a verdade é que nos traem quando menos se espera – afirma Fabinho. – Elas são imprevisíveis. Elas são...

Ao ouvir aquelas palavras, Mônica desvia o olhar da tela, pensativa. Aquilo não fazia sentido. Mônica conhecia muito bem o amigo. Cebola podia ser implicante, travesso, até abusado às vezes, mas fazer aquilo com as pessoas? Não, isso, não. Aquele não era o Cebola que ela conhecia. E mais: não era o Cebola por quem...

De repente, Mônica tem um estalo.

– Ei! *Peraí*, por que você tem uma foto do Cebola no seu celular? – vocifera ela.

– Hein? – Antes que Fabinho pudesse impedi-la, Mônica arranca o celular da mão dele e começa a passar as fotos do rolo da câmera. – Não mexe nisso! – exclama o garoto.

Mas é tarde demais! Mônica comprova o que seu instinto vinha lhe dizendo desde que chegaram lá: o Fabinho era o Rei dos Trolls. Não havia como negar, todas as fotos que foram postadas no perfil estavam ali: o abraço dela e do **DC**, a Carmem com a etiqueta da grife falsificada, o perfil do **DC** concordando na internet... estava tudo no celular dele!

– Ah, eu sabia.

Então, Mônica larga o celular e avança pra cima do menino, tamanha a raiva que sentia. **Do Contra** pega o aparelho e começa a ver as fotos também. Ele volta até a foto de Cebola e, dando um *zoom*, descobre aonde o garoto estava indo.

— Você estava certa, Mônica. E o Cebola só estava indo a uma... clínica pra calvície? — Era o que dizia a placa do lugar onde ele estava entrando.

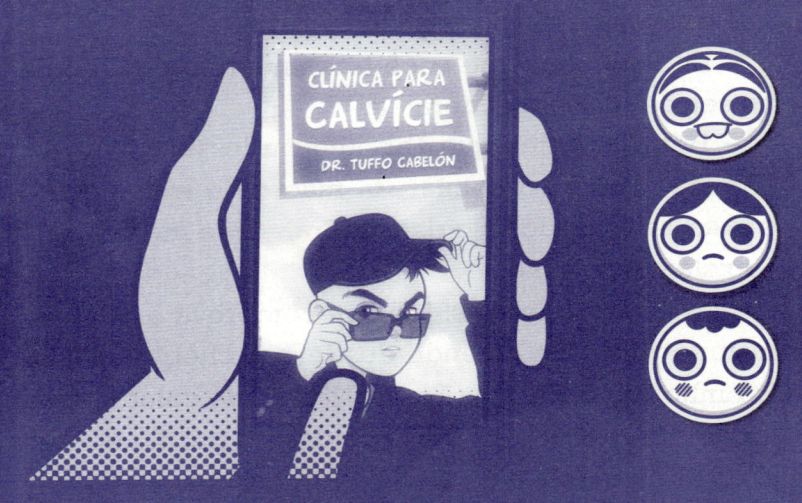

Do Contra prende o riso e volta a focar no que está acontecendo. Quando vê, Mônica está prestes a partir pra cima do Fabinho. Ela empurra o garoto com força e ele cai sentado na cama.

— Por que você fez isso?! — pergunta ela, tentando se conter.

— E-eu tava com raiva de vocês — admite, hesitante.

— Por quê? O que a gente fez? Aliás, eu nem lembrava que você existia — diz **Do Contra**, com desdém.

– Por isso mesmo. Quando a gente era criança, todo mundo me admirava. Principalmente você, Mônica.

– Ele se volta para ela, fazendo cara de coitadinho.

Numa fração de segundos, Mônica se lembra da época em que ela suspirava cada vez que o via passar. Mas aquilo era passado. Agora, tudo que sentia era raiva.

– Mas quando me mudei, todo mundo se esqueceu de mim. E agora, quando eu voltei, vocês nem ligaram! Cheguei à escola e ninguém me reconheceu. Ou se me reconheceram, mal falaram comigo. Todos se fecharam em uma panelinha e ninguém me deu a menor bola. Aí, decidi expor todo mundo. Pra fazer vocês se sentirem mal, como eu estava me sentindo.

– Fala sério – comenta **Do Contra**.

De coitado, Fabinho muda para um ar sombrio, e diz em um tom meio ameaçador:

– Mas agora que vocês descobriram, não posso deixar que saiam daqui com meu segredo. Acho que vou ter que...

– Fica na sua aí, seu metidinho. Você não vai fazer nada – diz Mônica, dando um chega pra lá em Fabinho. – Tá achando o quê? Que todo mundo tem que ficar correndo atrás de você? Você nem se esforçou pra se enturmar com a gente. Amizade não cai do céu, não. Precisa ser conquistada, tá ligado?

– Tá bom, Mônica. Mas não me bate – pede ele, ao ver que a menina já está pronta para partir para a briga, se for necessário.

– Vai, Mônica! Acaba com ele! – incentiva **Do Contra**, todo empolgado.

— Eu não vou bater em você, só vou fazer você provar do próprio veneno – diz ela com um sorrisinho.

Nessa hora, Mônica tira uma foto dele encolhido no chão e o celular dele em primeiro plano com as imagens dos amigos, como prova de que ele era o culpado pelas *trollagens*. Então, escreve uma legenda para publicar o *post*.

— "Fabinho: *Hang Loser*". Há, há, há! Boa, Mô – diz **Do Contra**, ao ler a legenda.

Quando Mônica está prestes a clicar no botão "publicar", Fabinho se joga aos pés da menina.

– Não! Não posta isso, Mônica, por favor... Vai todo mundo me odiar na escola. E vou ser obrigado a me mudar de novo... Eu odeio me mudar!

Mônica olha para os olhos cheios de lágrimas de Fabinho. Embora ele mereça, se ela fizer isso vai se tornar igual ao garoto. E Mônica não é assim. Todos já tinham perdido muito com aquelas brincadeiras de mau gosto, e a verdade é que ela não ia ganhar nada ao expor Fabinho daquela maneira.

Então, Mônica suspira, impaciente, devolve o celular para ele e guarda o dela no bolso. Sem dizer nada, dá as costas e vai embora. **Do Contra** sai também, e Fabinho fica ali no chão do quarto, sozinho, em silêncio.

No dia seguinte, Mônica chega à escola animada. Ao entrar na sala de aula, olha em volta e vê que a galera está conversando normalmente. A tensão dos últimos dias havia desaparecido. Magali, Denise e Carmem se aproximam para conversar com ela.

– Bom dia, gente! – cumprimenta Mônica. – Hummm. Que astral bom!

– E não é para menos, né? Tá tudo mundo aliviado com a última postagem do Rei dos Trolls – explica Denise. – Você viu?

– Bem...

Antes que Mônica pudesse responder, Carmem se antecipa:

– O Rei dos Trolls disse que vai apagar o perfil. E pediu desculpas também, olha aqui. – Carmem mostra o *post* mais recente dele no celular.

– Olha, Mô, ele também confessou que mentiu sobre você e o **Do Contra** – completa Magali, mostrando no celular a retratação do Troll sobre a foto do abraço: "Sim, eu errei, mas quem nunca errou? Menti na legenda desta foto, confesso que passei de todos os limites... Foi mal, galera!".

Mônica lê o texto e sorri.

– Que bom que tudo voltou ao normal – comenta ela aliviada.

O professor entra na sala e elas vão para seus lugares. Ninguém toca mais no assunto a manhã toda, e Mônica prefere assim. A melhor coisa que tinha feito foi deixar aquela história para lá. Na hora do intervalo, o sinal toca e todos descem para o pátio. Do lado de fora, **Do Contra** se aproxima dela e os dois caminham juntos observando as pessoas conversarem.

– Eu ainda acho que a galera devia saber que o Fabinho era o Troll – diz ele.

– Discordo, **DC**. Olha como a galera está numa boa... Se a gente tivesse postado aquela foto, o assunto ia estar rolando até agora. Além do mais, todo mundo merece uma segunda chance, não acha?

– É, você tem razão. Desta vez, sou obrigado a concordar – admite ele.

Eles veem Fabinho do outro lado do pátio. Meio sem jeito, o menino se aproxima de Cebola, Cascão, Jeremias e Cascuda e tenta se entrosar.

– Agora, ele vai ficar mais humilde – arrisca Mônica, observando-os de longe.

Cebola cumprimenta Fabinho, troca algumas palavras e depois acena para Mônica sorrindo. *Ele também deve ter lido o post de retratação*, pensa ela, retribuindo o aceno.

— Só uma coisa eu ainda não entendi. Por que o Cebola ficou tão incomodado com esse lance da nossa foto? – pergunta ela, ainda intrigada com aquilo.

— Vai saber o que passa na cabeça dele... Além de loção pra queda de cabelo, né? Há, há, há!

— **Do Contra**! – diz Mônica, indo em direção a eles.

Pensando bem, até que a normalidade não é tão ruim assim, desde que com algumas pitadas de novas descobertas.

ESTA OBRA FOI IMPRESSA
EM SETEMBRO DE 2024